KB062493

달 아주머니와 나

달 아주머니와 나

서성란 장편소설

도서출판 b

| 차 례 |

환한 봄

종이꽃이 무리 지어 피어 있는 거리에서 중심을 잃고 휘청거린다. 바람이 기괴한 소리를 내지르면서 젖은 몸을 때리고 아프게 파고든다.

길을 잃었을까?

숨을 죽이고 텅 빈 길을 휘둘러본다. 익숙한 거리가 나를 외면하고 밀어낸다. 내가 거기에 있으면 안 된다는 듯이 완강하게 등을 떠민다. 빛이 사라지고 악취가 진동한다. 숨이 턱 막혀오는 고약한 냄새를 피하려고 손바닥으로 입을 틀어막고 기신기신 걸음을 내디딘다.

내가 없는 집으로 곧장 달려가야 한다. 길을 걷다 사람이 눈에 띄면 지금 집으로 돌아가는 길이라고 분명하게 알려주어야 한다. 정신없이 걷고 자꾸만 두리번거린다. 나를 모르는 누구라도 나타나 주기를 갈망하면서 조바심친다.

왜 모두 돌아앉았는지 알 수 없다.

짧은 봄이 지나가면 여름이다. 아직 뜨거운 여름은 도착하지 않았다. 견딜 수 없이 춥고 악취로 숨이 막히는 낯선 봄이 두려워서 진저리친다. 집으로 가는 방향을 잃어버리고 두려움에 빠져든다. 누구라도 모습을 드러내면 용기 내어 물어야 한다. 원하는 대답을 듣지 못한다고 해도 거듭 묻고 물을 수밖에 없다.

달의 집

열여덟 봄은 열일곱 봄과 다르지 않았다. 열여섯, 열다섯에도 봄은 그럭저럭 무심하게 흘러갔다. 열네 살 봄은 여느 해와 달랐다. 엄마가 떠났으니까 말이다.

집을 떠난 엄마 때문에 오랫동안 힘들어하지는 않았다. 나는 내가 원한다면 언제든지 엄마를 만날 수 있을 거라고 생각했다.

지금 나는 달의 집에 머물고 있다. 열일곱 봄과 그다지 다르지 않았던 열여덟 봄에 나는 확연히 달라졌다. 달 아주머니를 만났으니까 말이다. 그리고 이제 나는 더 이상 나이를 먹을 수 없다. 달의 집에서 영원히 열여덟으로 살아야 한다.

해가 바뀌어도 나이를 먹지 않고 평생 열여덟 살로 살아야 하는 삶이 끔찍하지만 선택의 여지가 없다. 세상에는 육체의 나이가 멈춘 채 살아 있는 사람들이 존재한다. 나는 열여덟 봄에 시간이 정지해버린 사람들 중 하나이다.

스무 살 봄이 찾아오지 않을 거라고 짐작조차 하지 못했다.

봄, 여름, 가을, 겨울이 순환하는 시간을 살 수 없게 된 나는 햇살이 환한 열여덟 봄, 길었던 어느 하루에 붙들려 있다. 열여덟 봄날 나는 까닭도 모르고 얼어붙었다.

나는 달의 집에서 먹고 자고 휴대전화로 게임을 하고 다시 먹는다. 무의미하게 반복되는 오늘을 견디려고 글을 쓰기 시작했다. 글쓰기에 소질이 없고 좋아하지도 않지만 펜을 손에 쥐고 더듬더듬 글자를 눌러 쓴다. 쓰레기 더미에서 찾아낸 종이에 검은색 모나미 볼펜으로 글자를 적는 내 모습을 볼 수 있는 사람은 달 아주머니 한 사람뿐이다. 무얼 쓰느냐고 달 아주머니가 물으면 나는 조용히 입을 다물어버린다. 다정한 목소리로 아무 의심 없이 묻는 달 아주머니에게 미안하지만 대답할 수 없다. 궁금한 이야기가 많을 텐데도 달 아주머니는 침묵하는 나를 탓하지 않고 그냥 내버려 둔다.

지금 쓰고 있는 이 글은 의미 없는 시간을 견디기 위한 방편일 뿐 누군가 읽어주길 바란다거나 글솜씨를 뽐내기 위해서가 아니다. 그저 쓰레기 더미에 쓰레기 하나를 추가하는 무의미한 일이 될지라도 나는 쓸 수밖에 없다. 흐르지 않는 시간을 견딜 방법이 이것뿐이기 때문이다.

달 아주머니의 크고 둥근 얼굴은 모난 데 없이 꽉 찬 보름달을 닮았다. 하늘에 떠 있는 둥근 달은 누구라도 공평하게 볼 수 있지만 어느 누구 하나 만질 수 없다. 보름밤이 아니어도 희고 탐스러운 달 아주머니의 얼굴을 손바닥으로 어루만지고 두 뺨에 입을 맞출 수 있는 나는 누구라도 부러워할 만한 행운아가 틀림없다.

둥근 달을 닮은 그녀는 나의 달 아주머니이다.

줄기가 힘차게 뻗어 있고 활짝 펼쳐진 나뭇가지마다 열매와 잎사귀가 무성한 커다란 나무와 같은 달 아주머니의 몸에 나는 여름 한철 울다 사라지는 매미처럼 매달려 있다. 턱이며 목이며 가슴이며 엉덩이며 팔과 다리 어느 것 하나 모나지 않게 살덩어리가 풍성한 달 아주머니의 육중한 몸은 퀸사이즈 침대 매트리스 위에 널브러져서 꼼짝하지 않는다. 나는 한쪽 손으로 전부 쥐어지지 않는 달 아주머니의 젖가슴을 만지다가 이제 막 오븐에서 구워져 나온 식빵처럼 부드럽고 폭신폭신한 얼굴에 뺨을 가져다 댄다.

"배고프지 않니?"

달 아주머니가 살며시 눈을 뜨고 묻는다.

하루에도 수십 번씩 똑같은 질문을 들을 때마다 나는 달콤한 허기를 느낀다. 나에게 배고프지 않으냐고 묻는 사람은 달 아주머니 한 사람뿐이다. 처음 그 말을 들었을 때 나는 맹렬한 허기를 느끼면서 닥치는 대로 입에 음식을 쑤셔 넣고 삼키다가 곯아떨어졌다.

달 아주머니가 시도 때도 없이 나에게 배고프냐고 묻는 까닭은 그녀 자신이 간단없이 허기를 느끼기 때문이다. 아무리 많은 양의 음식을 삼켜도 허기를 면하지 못하는 사람은 슬프고 고통스럽다. 슬픈 허기를 누구보다 잘 알고 있는 나는 밑 빠진 물독 같은 달 아주머니의 배를 채워 주어야겠다고 마음먹었다.

열어 놓은 창문 너머에서 재활용 쓰레기통을 뒤지는 소리가 들려온다. 넓지 않은 달의 집 곳곳에는 페트병이며 신문지며 빈 깡통이며 피자 상자 따위, 가져다 버려야 할 쓰레기가 뒤죽박죽 널리고 쌓여 있다. 종이와 플라스틱이 따로따로 담겨 있는 붉은 고무 소재 재활용 쓰레기통을 뒤지는 사람은 작은 키에 목이 짧고, 거울을 보지 않고 녹슨 가위로 되는 대로 자른 것 같은 짧은 머리가 우스꽝스러운 앞니 하나가 빠진 여자였다. 가져갈 물건이 별로 없는지 여자는 거칠게 쓰레기통 뚜껑을 닫으면서 게두덜댄다.

남겨둔 불고기 피자 두 조각이 자질구레한 물건들로 어수선한 화장대 위에 놓여 있다. 나는 아직 배가 고프지 않지만 배고픔을 절대로 참지 못하는 달 아주머니를 위해서 꾸덕꾸덕 말라가는 피자를 집어온다.

피자 한 조각을 입에 넣어주자 달 아주머니는 침대에 누워 날름 받아먹는다.

“한 조각은 공이가 먹으렴.”

피자를 씹어 삼키면서 달 아주머니가 말한다.

나는 내 몫의 피자를 들고 잠깐 망설이다가 가장자리 부분을 떼어 입에 넣고 나머지는 여전히 배가 고파 보이는 달 아주머니에게 건네준다. 달 아주머니는 잠깐 나를 쳐다보다가 피자 조각을 야금야금 먹어 치웠고 혼자 다 먹어서 미안했는지 투실한 두 손으로 내 얼굴을 끌어당겨 쩍 소리 나게 입을 맞춘다.

“공이는 착한 아이구나. 아무렴, 착하고말고.”

크고 비대한 몸집에 비해 달 아주머니는 그다지 많이 먹는 편이 아니다. 어떤 음식이든 씹을 새도 없이 재빨리 삼켜버려서 천천히 먹으라고 잔소리하면 부끄러운 듯 얼굴을 붉혔지만 먹는 속도는 늦추려고 하지 않았다. 달 아주머니는 식감을 느끼고 즐기는 부류의 사람이 아니다. 닥치는 대로 입에 넣고 삼키려고 할 뿐 음식의 종류와 맛은 아무래도 상관없다는 주의였다.

달 아주머니는 만족스럽게 미소 지으면서 눈을 감는다. 재활용 쓰레기통 주변을 오락가락하며 구시렁거리는 여자가 사라져준다면 더할 나위 없이 완벽한 오후다. 춥지도 덥지도 않은 날씨에 바람은 잔잔하고 햇살이 따사롭게 비쳐 든다. 나는 온종일 침대에 누워서 지내는 달 아주머니의 몸에 나무늘보처럼 매달려 물렁하고 푹신한 살을 싫증 나도록 만질 수 있다.

달 아주머니는 한자리에 뿌리 내린 나무처럼 온종일 고집스럽게 침대를 지킨다. 여간해서는 침대를 떠나려고 하지 않는 달 아주머니가 용변을 해결하려고 힘겹게 몸을 일으키면 오랜 세월 동안 무거운 체중을 떠받쳐주었던 낡은 침대 받침대가 금방이라도 주저앉을 듯 삐걱거린다.

두 개의 방과 거실 겸 주방, 욕실이 있는 18평 연립주택 1층은 달 아주머니의 보금자리이다. 나는 전화를 걸어 배달 음식을 주문하고 라면을 끓이고 설거지와 쓰레기 치우는 일까지 도맡아 하고 있다. 달 아주머니는 식료품을 사기 위해 굳이 외출할 필요가 없다. 내가 달의 집으로 온 뒤부터 달 아주머니는 집 밖으로 나가서 사람을 상대하지 않아도 불편하거나 아쉬울 게 없는 멋진 삶을 살고 있다.

온갖 잡동사니로 어지러운 화장대 위쪽 벽에 걸린 둥근 시계가 오후 2시 정각을 가리킨다. 이제 곧 아이들이 학교 밖으로 우르르 쏟아져나올 시간이다. 초등학교 후문 쪽으로 창이 난 달 아주머니의 방은 매 시간마다 차임벨 소리며 운동장에서 아이들이 뛰고 떠들어대는 소리며 교사들이 내지르는 고함까지 적나라하게 들려온다. 나는 책가방을 메고 우르르 몰려나온 아이들로 골목이 북적거리기 전에 창문을 닫으려고 몸을 일으킨다.

나는 시끄럽고 제멋대로인 아이들을 좋아하지 않는다. 내가 아이였을 때도 나는 아이들이 싫었다. 고등학교에 입학하고 며칠이 지나지 않아 나는 스무 살이 되고 싶었다. 단숨에 서른 살, 마흔 살이 되는 삶을 꿈꾸었다. 이제 스무 살이 될 수 없는 나는 알 수 없는 길을 헤매고 다니다가 달의 집으로 와서 무거운 몸을 숨길 수 있었다. 숨어 있기 적당한 장소라고 판단했던 달의 집은 아침부터 해가 저물 무렵까지 소음으로 시끄럽다는 치명적인 결점이 있지만 나는 달 아주머니를 탓하거나 투정 부리지 않고 시나브로 적응하려고 애쓴다. 에멜무지로 창문을 닫고 열기를 반복하면서 소음을 줄여보려고 애면글면할 뿐이다.

소음 때문에 짜증이 날 텐데도 달 아주머니는 내색하지 않는다. 곤란하고 성가신 일이 닥쳐도 불평 없이 묵묵히 받아들이려고 하는 자세는 달 아주머니의 수많은 장점 중 하나이다.

달 아주머니는 평생 음식을 만들어본 적이 없지만 온갖 음식을 원 없이 맛보았다고 나에게 고백했다. 누구라도 쉽게 얻을 수 있는 행운이 아니다. 스물 몇 살 때부터 30년 가까운 세월 동안 달 아주머니는 사람들의 시선이 닿지 않는 좁고 불편한 별의 집에서 맘껏 먹으면서 살을 찌웠다.

"콩나물국하고 두부 부침이 제일 맛있었어. 별 씨는 음식 솜씨가 좋은 남자였거든. 공이가 먹어볼 수 있다면 좋을 텐데."

달 아주머니는 콩나물국과 두부 부침을 두 번 다시 먹을 수 없을까 봐 불안해했다.

콩나물국과 두부 부침이라면 나는 질리도록 먹었다. 아버지는 이틀이 멀다고 콩나물과 두부를 사 왔다. 콩나물은 언제나 국으로 두부는 부침으로 식탁에 올라왔다. 같은 재료로 무침과 찌개는 언감생심이라는 듯 그것 말고 다른 식재료가 보이지 않는 양 고집스럽게 콩나물국과 두부 부침을 만들었다.

아버지는 응용력이 부족한 사람이었다. 누군가 콩나물과 두부로 무침과 찌개를 만드는 방법을 알려주겠다고 해도 시도해볼 엄두조차 내지 못할 사람이었다. 손에 익숙한 국과 부침에 자족하고도 남았다. 아버지는 부지런하고 정직하고 단순한 사람이었다. 어쩌면 엄마는 부지런하고 정직하고 단순한 보일러 배관공인 아버지를 견딜 수 없어서 떠났을지도 모르겠다. 엄마와 이혼하고 2년 뒤 아버지는 지방에 있는 식품회사 보일러실 기사로 취직해서 집을 떠났다. 아버지는 혼자 밥을 해결해야 하는 아들을 안쓰러워했지만 나는 어쩐지 홀가분하고 후련한 느낌이 들었다.

아버지가 떠난 뒤로 나는 콩나물국과 두부 부침은 먹지 않았다. 학교에서 급식으로 콩나물국과 두부 부침이 나오면 눈길을 주지 않았다. 한 사람이 평생 동안 먹을 수 있는 양의 콩나물국과 두부 부침을 한꺼번에 먹어버린 나는 지겨운 음식에서 해방되었다는 기쁨으로 손뼉이라도 치고 싶은 심정이었다.

"평범하고 흔한 콩나물국과 두부 부침이 아니었어. 특별하고 근사한 식사였거든. 콩나물국과 두부 부침에 감동해서 나는 별 씨와 함께 살아야겠다고 결심했으니까. 공이에게 만들어주고 싶지만 나는 요리를 할 줄 모른단다. 30년 동안 별 씨가 해준 음식을 먹기만 했거든. 별 씨는 나에게 먹기만 해도 충분하다고 했어. 그 사람은 아무것도 바라는 게 없었지."

달 아주머니는 굼뜨게 팔을 뻗어 내 어깨를 끌어안았다.

나는 달 아주머니의 품에 안겨 어딘가를 정처 없이 떠돌고 있는 별 아저씨를 생각했다. 달 아주머니 품에서 평화롭고 행복한 시간을 보내야 할 사람은 내가 아니었다. 나는 창 너머에서 들려오는 소음에 투덜거릴 자격이 없었다. 웃고 떠들고 지절거리는 아이들을 함부로 질투하지 말아야 했다.

나는 달 아주머니가 흔하디흔한 콩나물국과 두부 부침에 감동해서 일생일대의 중요한 결정을 내릴 수 있는 사람이라고 확신했다. 달 아주머니는 결코 흔하고 평범한 50대 중반의 여성이 아니었다. 30년의 세월 동안 한결같은 마음으로 별 아저씨와 함께 살아왔던 달 아주머니를 우연히 만나 달의 집에서 숨을 수 있었던 나는 누구라도 부러워할 만한 행운아가 틀림없었다.

나는 달 아주머니의 가슴에 얼굴을 묻고 천천히 숨을 들이마시고 내쉰다. 피자와 치킨, 족발 등 오늘 하루 동안 먹은 음식 냄새가 뒤섞인 달 아주머니의 체취가 불안하게 흔들리는 마음을 진정시켜 준다. 한 번도 본 적이 없지만 나는 별 아저씨가 어떤 삶을 살았을지 짐작할 수 있다. 달 아주머니가 홀로 남아 있는 달의 집에서 내가 잠시 잠깐 쉬었다가 떠난다고 해도 별 아저씨는 화를 내거나 꾸짖지는 않을 것 같다.

별 아저씨가 달 아주머니를 위해서 만들어준 콩나물국과 두부 부침은 그동안 내가 먹었던 것과 같았을 리 없다. 30년이라는 긴 세월 동안 달 아주머니와 함께 살았던 별 아저씨는 부지런하고 정직하고 단순한 내 아버지와 비교할 수 없는 특별한 사람이 분명하다.

나는 콩나물을 씻어 국을 끓이고 두부를 잘라 프라이팬에 부쳐내는 별 아저씨의 모습을 상상한다. 별 아저씨가 콩나물국과 두부 부침을 만들어 달 아주머니를 유혹하지 않았다면 지금 나는 달의 집이 아니라 낯선 골목과 거리를 떠돌고 있을지도 모른다. 누구라도 먹을 수 있는 흔해 빠진 음식에 감동해서 별 아저씨와 함께 살게 되었다는 달 아주머니의 말을 온전히 다 이해하지는 못하지만 나는 사소해 보이는 사건으로 한 사람의 운명이 바뀌거나 파국으로 치닫게 될 수 있다는 삶의 비밀을 알고 있다.

나는 기꺼이, 기쁜 마음으로 별 아저씨를 대신해서 달 아주머니를 먹여야 하는 임무를 떠안았다. 손톱과 발톱을 깎아주고 집 안에 널린 쓰레기를 버리고 청소하면서 달 아주머니가 불편하지 않게 지낼 수 있도록 돕는다.

달의 집으로 왔던 첫날, 나는 길게 자란 달 아주머니의 발톱을 깎아주었다. 내가 달의 집에 머물러 살아야겠다고 마음을 굳힌 까닭은 달 아주머니가 스스로 발톱을 깎을 수 없기 때문이다.

"공이는 별 씨를 닮았어."

침대에 걸터앉아 한쪽 발을 내밀면서 달 아주머니가 말했을 때 나는 별 아저씨가 아주 작고 소심하고 부끄러움이 많은 남자였을 거라고 넘겨짚었다.

세상에는 작고 소심하고 부끄러움을 많이 타는 남자들이 널렸지만 별 아저씨는 그들과 달랐을 거라고 생각했다. 별 아저씨가 왜소한 몸으로 세상을 두려워하고 겁을 먹으며 살았다면 달 아주머니를 차지하는 행운을 잡았을 리 없다. 별 아저씨를 닮은 나는 달 아주머니의 아주 특별한 손님이다.

달 아주머니의 몸은 내가 처음 보았던 날보다 조금 더 커지고 물렁물렁해졌다. 하루가 다르게 늘어가는 살 때문에 자주 숨을 헐떡거리고 얼굴빛이 하얗게 변하곤 해서 나를 겁먹게 만든다. 나는 팽팽하게 부푼 풍선을 손에 쥔 아이처럼 불안을 느낀다. 둥글게 부풀어 오른 달 아주머니의 무거운 몸이 하늘로 둥둥 떠오르는 상상을 할 때마다 아찔한 두려움에 사로잡힌다.

달 아주머니가 점점 더 커질수록 나는 조금씩 작아진다. 나는 조금 더 작아져도 상관없다. 빗장을 빼듯 나이를 하나둘 지우고 마침내 갓난아기처럼 작아져서 달 아주머니의 먹이가 되어도 괜찮을 것 같다. 달 아주머니가 한입에 삼켜버리면 천천히 아주 느리게 소화되고 배설물로 변해 변기 속으로 사라질 수 있다. 그것으로 충분하다. 나는 본래 아무것도 아니었기 때문에 흔적을 남기지 않고 사라지는 편이 낫다.

사라질 수 있다고 생각하니까 마음이 홀가분해진다. 지겹도록 콩나물국과 두부 부침을 만들어준 아버지와 수십 명의 직원들을 먹이려고 밥을 짓고 있을 엄마는 결코 해줄 수 없는 일이다. 나를 완벽하게 먹어 치울 수 있는 사람은 달 아주머니뿐이다. 달 아주머니는 기꺼이 그렇게 해줄지도 모른다.

아이들의 웃음소리와 발걸음 소리가 잦아들고 창밖이 조용하다. 나는 다시 창문을 열려고 달 아주머니의 품에서 빠져나온다. 달 아주머니가 배고프냐고 묻기 전에 전자레인지에 만두를 데우고 라면을 끓여 만찬을 차리고 해가 저물면 재활용 쓰레기를 버리고 베란다에 널어둔 타월을 걷어야 한다. 달 아주머니를 위해서라면 쓸모없는 몸을 언제든지 부지런히 움직일 수 있다. 내가 곁에 머물러 있는 동안은 아무 걱정 없이 충분히 먹을 수 있다고 달 아주머니를 안심시켜주어야 한다.

방심하고 창문을 열었다가 앞니 하나가 빠진 키 작은 여자와 눈이 마주친다. 되는 대로 잘려 나간 앞머리가 우스꽝스러운 여자는 팔짱을 끼고 서서 나를 똑바로 올려다본다. 눈길이 마주쳤지만 여자는 아랑곳하지 않는다. 나는 무례하고 거침없는 여자의 행동에 화가 나고 짜증이 치밀어오른다.

어쩔 수 없이 창가에서 한 발짝 뒤로 물러선다. 내가 창문을 열 줄 알고 여자가 그곳에 서 있었을 거라는 의심이 솟는다. 이른 아침부터 초저녁까지 초등학교 후문 주변에 있는 다세대 주택 재활용 쓰레기통을 뒤지고 다니는 여자는 폐지와 플라스틱, 빈 병을 가지고 나온 사람이 눈에 띄면 통에 집어넣기 전에 왁살스럽게 빼앗아 가버렸다. 나는 공격적인 사람이 아니지만 여자를 향한 적의로 몸을 떤다. 반지빠르게 구는 여자에게 맞서지 못하는 내가 한심해서 말문이 막힌다.

나는 여자와 마주치기 싫어서 늘 해가 완전히 저문 뒤에 쓰레기를 챙겨 들고 밖으로 나간다. 상대해주는 사람이 없어도 목소리를 높여 혼잣말하거나 욕설을 내뱉는 여자는 내가 달의 집에 머물기 시작한 날부터 감시인처럼 창문 쪽을 올려다보면서 알아들을 수 없는 말을 중얼거렸다. 내가 겁을 먹고 순순히 사라질 거라고 믿었는지 터무니없이 훈계를 늘어놓았다. 어르고 달래는 꼴이 우스워서 나는 여자 앞에 불쑥 모습을 드러내고 싶은 충동을 느꼈다.

다세대 주택들이 줄줄이 늘어서 있는 골목에서 나는 앞니 빠진 여자 말고도 이상한 사람을 여럿 보았다. 이상한 사람들의 공통적인 특징 중 하나는 혼잣말을 한다는 것이다.

안녕하세요? 안녕하세요? 안녕하세요?

지금 창 너머로 들려오는 목소리의 주인공은 이 골목을 오가는 이상한 사람들 중 두 번째 경우에 해당한다.

초등학교 고학년으로 보이는 사내아이는 늘 하교 시간이 지나서 후문 앞에 나타났는데 안녕하냐고 열 번쯤 외친 뒤 대답도 듣지 않고 줄행랑쳤다. 술래잡기 놀이라도 하는 것처럼 앞니 빠진 여자는 꽁지 빠지게 달아나는 아이를 쫓아가면서 욕설을 퍼붓고 고함치고 시근벌떡거렸다. 사내

아이와 여자는 서로 쫓고 쫓기는 추격전으로 한바탕 난리를 피웠는데 두 사람이 벌이는 요란뻑적지근하고 우스꽝스러운 소동은 누군가 시키기라도 한 것처럼 날마다 지치지도 않고 되풀이되었다.

달의 집으로 오기 전까지 나는 햇빛이 환한 골목길에서 소란을 피워대는 이상한 사람들의 존재를 까맣게 모르고 있었다. 어쩌면 나와 달 아주머니 역시 이상한 사람들 무리에 속할지도 모른다. 몸을 숨기고 쉼 없이 먹어대는 우리는 이상한 사람들이 분명하다.

나는 주방으로 가서 양은 냄비에 물을 받아 가스레인지에 올린다. 찬장에서 라면 세 봉지를 꺼내 뜯어놓고 만두를 접시에 담아 전자레인지에 돌리면서 바쁘게 움직인다. 설거지를 제때 하지 않아 주방이 어질러져 있다. 내가 주방을 아무리 엉망으로 만들어놓아도 달 아주머니는 불평하지 않는다. 달 아주머니의 발톱을 깎아준 날부터 달의 집 주방은 내 영역이 되었다. 별 아저씨가 8,500만 원을 내고 4.5톤 중고 트럭을 인수해서 자동차 부품 배송 일을 시작하지 않았다면 나는 달의 집 주방에서 라면을 끓이는 행운을 누릴 수 없었을 것이다.

나는 라면과 만두를 쟁반에 담아 달 아주머니에게 가져다

준다. 달 아주머니는 힘겹게 몸을 일으키고 앉아 물렁물렁한 배 위쪽에 쟁반을 얹고 젓가락을 집어 든다. 침대가 좁아서 나는 화장대에 앉아 먹는다. 아직 바깥이 환한 한낮이다. 라면과 만두를 먹고 잠들었다가 어두워질 무렵 잠에서 깨면 기름진 음식으로 저녁 식사를 할 수 있다. 나는 라면과 만두를 먹으면서 머릿속으로 짜장면과 탕수육을 떠올린다. 아직 먹지 않은 음식이 턱없이 많다. 아무리 먹어도 채워지지 않는 허기 탓으로 나와 달 아주머니는 쉬지 않고 먹어야 한다.

창가 아래쪽으로 높이가 낮은 장식장 위에 구형 텔레비전이 놓여 있지만 달 아주머니와 나는 약속이라도 한 듯 켜지 않는다. 누군가의 간섭을 받고 싶지 않고 타인의 삶에 관심이 없는 나와 달 아주머니에게 텔레비전은 볼품없는 장식품에 불과하다. 매 끼니마다 허겁지겁 먹어대는 우리는 다음 식사에 먹을 음식 말고 다른 생각은 하지 않는다. 우리는 누군가에게 빼앗길까 두려워 벌벌 떨면서 배를 채운다. 먹는 행위를 중단하면 사라져버릴까 봐 무서워서 아무 말도 하지 않는다.

나는 배고픔에 떨면서 떠돌았던 시간을 잊으려고 먹는다. 언제라도 따듯한 음식을 먹을 수 있다고 믿고 싶어서 먹는다.

허기진 몸을 견딜 수 없고 다시 추위와 슬픔에 내몰리고 싶지 않다. 나는 달 아주머니를 위해서 먹는다. 공포와 불안을 잠재우고 달 아주머니가 실낱같은 희망에 기대 별 아저씨를 기다릴 수 있게 해주려고 음식을 삼킨다. 무섭고 고통스러운 기억을 지우고 살아 있다고 믿고 싶어서 먹는다.

나는 휴대전화로 게임을 하고 이따금 아버지와 통화하지만 달 아주머니의 휴대전화는 몇 날 며칠이고 벨이 울리지 않는다. 달 아주머니의 휴대전화가 조용해서 마음이 놓인다. 휴대전화는 달 아주머니에게 세상에서 가장 끔찍한 소식을 전해주었다. 나는 달 아주머니가 그 전화를 받은 날이 언제였는지 분명하게 기억한다. 그날은 내가 열여덟 살에 시간이 멈춰버린 날이다. 나는 달 아주머니에게 휴대전화를 꺼놓은 까닭을 묻지 않는다. 내가 알고 있다고 털어놓을 수 없다.

달 아주머니는 라면 국물을 전부 마시고 만두를 먹어치운다. 나는 빈 그릇을 주방에 가져다 놓고 냉큼 침대로 올라간다. 씻지 않은 그릇들로 개수대가 더럽지만 서둘러 씻어야 할 까닭이 없다. 누구도 채근하거나 나무라지 않는다. 끊임없이 먹고 잠들었다가 다시 먹는다고 비난하는 사람이 없다. 달 아주머니와 함께 살아가는 평화로운 날들이 꿈만 같다. 겁 많고 소심한 나에게 주어진 뜻밖의 선물

같은 나날이다.

침대에 기대앉아 식사하는 동안 힘이 들었는지 달 아주머니는 크게 숨을 들이마시면서 굼뜨게 자리에 눕는다. 나는 침대 가장자리에 모로 누워 달 아주머니의 젖가슴을 어루만진다. 달 아주머니는 근심이 하나도 없는 얼굴로 천장을 잠깐 바라보다가 살며시 눈을 감는다. 내가 곁에 있어서 안심하고 잠에 빠져든다.

들이마시고 내쉬는 달 아주머니의 거칠고 불안한 숨소리를 들으면서 나도 눈을 감는다. 나는 달 아주머니가 배고프기 전에 일어나서 전화로 먹을거리를 주문하고 식사를 차려내야 한다. 점점 더 뚱뚱해져 가는 달 아주머니의 크고 육중한 몸이 침대 가장자리까지 전부 차지해버리는 날이 닥친다고 해도 걱정할 필요는 없다. 나는 달 아주머니의 푹신한 배 위로 기어 올라가서 쉴 수 있다.

언제까지라도 달 아주머니의 곁에서 잠들고 싶다. 내가 바라는 유일한 소망이다. 열여덟 살 나는 한없이 늘어져서 부드럽게 출렁거리는 달 아주머니의 젖가슴으로 겨우 살고 있다. 달 아주머니가 더 이상 살찌지 않게 하려면 먹는 음식을 줄이는 수밖에 없다. 음식의 양을 줄이면 달 아주머니는 슬픔에 잠겨 별 아저씨를 그리워할 테고 나는 용서받을 수 없을 것이다. 별 아저씨는 달 아주머니가 나날이 더 뚱뚱해지기를 소원하고 한정 없이 둥그러지기를 바랐던 유일한 사람이다.

길바닥에서 울고 있는 달 아주머니를 보았을 때 나는 슬픔을 나눌 사람을 찾았다고 확신했다. 우는 까닭을 정확하게 알지 못했지만 짐작할 수 없는 슬픔이 내 슬픔을 누르고 덮었다. 모르는 사람이지만 낯설지 않은 달 아주머니의 품으로 뛰어들어 얼굴을 맞대고 오랫동안 흐느껴 울고 싶었다.

슬픔에 잠긴 도시에서 사람들은 날마다 울부짖고 있었다. 살덩어리가 출렁거리는 거구의 중년 여자가 홀로 외롭게 울고 있는 모습이 눈에 띄었을 때 사람들은 말없이 힐긋거리거나 대놓고 쳐다보면서 수군거렸다. 사람들은 달 아주머니가 자신들과 같은 고통으로 괴로워하며 울부짖는 거라고 짐작하지 못했다. 길바닥에 버티고 서서 울고 있는 감당할 수 없을 만큼 무거운 몸을 가진 여자와 나눌 수 있는 슬픔은 존재하지 않았다.

나는 달 아주머니처럼 뚱뚱한 사람은 본 적이 없었다. 울고 있는 까닭을 몰랐지만 그 슬픔은 누구도 위로해줄 수 없을 거라고 짐작했다. 나는 울음을 멈추고 달 아주머니를 바라보았다. 세상에서 가장 슬퍼 보이는 사람에게 아무것도 해주지 못하고 숨어서 지켜보아야 하는 내가 딱했다. 타인의 눈물을 닦아주고 슬픔을 위로해줄 수 없는 나는 고개를 떨구고 무기력하게 흐느꼈다. 내 슬픔에 달 아주머니의 슬픔을 보태고 비틀거렸다.

나는 작고 가벼운 내 몸을 원망하면서 빛이 없는 거리를 울며 떠돌았다.

시간이 얼마만큼 흘렀는지 알지 못한다. 달 아주머니를 다시 만났을 때 심장이 쿵쾅거리면서 뛰었다. 달 아주머니는 죄지은 사람처럼 고개를 숙이고 슈퍼마켓 계산대 앞에 서 있었다. 에어컨을 켜놓아서 슈퍼마켓 매장은 덥지 않은데도 달 아주머니는 홀로 폭염에 내몰린 사람처럼 식빵과 가공식품이 담긴 바구니를 두 손으로 무겁게 들고 땀을 뚝뚝 흘렸다. 나는 땀으로 펑 젖은, 갈색 초대형 원피스를 입은 달 아주머니의 거대한 등과 터지고 갈라진 살이 드러난 팔뚝, 남자용 슬리퍼를 신은 발을 차례차례 살피듯 바라보았다.

나는 타인에게 무관심하고 모르는 사람의 신체에 호기심이나 애정을 느끼지 않았지만 슬픔으로 주눅 든 여인의 몸에 압도당했다. 달 아주머니는 불쑥 인가에 나타난 한 마리 곰 같았다. 다세대 주택이 밀집한 도시 변두리 동네와 어울리지 않는 낯선 존재였다. 나는 한 번도 햇빛에 노출된 적이 없는 듯 하얗게 부풀어 오른 달 아주머니의 몸을 따가운 빛과 사람들의 호기심 가득한 시선으로부터 보호해 주어야 한다는 의무감에 사로잡혔다. 사람들이 찾아낼 수 없는 곳으로 데리고 가서 부끄러움으로 벌겋게 달아오른 얼굴과 거대한 몸을 숨겨주고 싶었다.

음료수와 즉석식품을 사야 했지만 달 아주머니가 계산을 마치기를 기다렸다가 빈손으로 뒤따라 나갔다. 크고 둥근 체구에 비하면 먹을거리가 담긴 비닐봉지는 턱없이 작아서 한 손으로도 가뿐히 들 수 있을 텐데도 달 아주머니는 두 팔을 무겁게 늘어뜨리고 거칠게 숨을 몰아쉬면서 굼뜨게 걸음을 떼었다.

달 아주머니는 느릿느릿 걸었다. 모나지 않은 크고 둥근 어깨를 한껏 움츠리고 한 발 한 발 힘겹게 움직였다. 신호등이 없는 왕복 2차선 도로 횡단보도 앞에서 달 아주머니는 걸음을 멈추고 천천히 고개를 돌려 나를 쳐다보았다. 달 아주머니와 시선이 마주치는 순간 황급히 고개를 돌렸다. 나는 부끄러움으로 얼굴을 붉히면서 딴청을 피웠고 부질없는 짓을 하고 있다고 자책했다.

달 아주머니를 놓치면 다시 볼 수 없을 것 같아 겁이

났다. 용기를 내지 못했다고 후회하고 슬퍼하며 거리를 방황하고 싶지 않았다. 왜소한 몸을 탓하면서 보내야 하는 밤이 끔찍했다. 우는 모습을 보았지만 슬픔을 달래줄 수 없어서 내내 가슴이 아팠다고 털어놓으면 달 아주머니는 아무것도 묻지 않고 손을 내밀어줄 것 같았다.

나는 느릿느릿 다시 걸음을 떼는 달 아주머니를 뒤따라갔다. 오가는 사람들의 시선을 온몸으로 받아내면서 달 아주머니는 힘겹게 횡단보도를 건넜다. 다세대 주택과 상가 사이로 난 골목으로 달 아주머니가 걸어 들어가고 있을 때 초등학생들이 신발주머니를 흔들면서 몰려나왔다. 골목 모퉁이에서 오른편으로 꺾어지면 초등학교 후문 쪽으로 창이 난 다세대 주택들이 다닥다닥 붙어 있는 일방통행로였다.

웃고 떠들며 뛰어오던 아이들은 달 아주머니를 힐긋힐긋 쳐다보면서 손가락질하고 폭소를 터뜨리고 심지어 욕설을 내뱉었다. 달 아주머니는 고개를 푹 숙이고 천천히 걸었다. 손가락질하거나 거침없이 욕설을 내뱉은 아이들이 지나가자 다른 무리의 아이들이 달 아주머니를 향해 우르르 달려들었다. 달 아주머니는 아이들 무리에 둘러싸였다. 아이들 중 하나가 웃는 얼굴로 달 아주머니의 손에 들려 있는 식료품이 담긴 비닐봉지를 낚아챘다. 다른 아이가 봉지에 든 식빵과 햄, 3분카레 등속을 꺼내 바닥에 던지면서 킬킬거렸다. 달 아주머니는 동물원 우리에 갇혀 공격을 당하는 짐승처럼 겁에 질려 저항할 엄두조차 내지 못했다.

나는 재빨리 아이들 무리 쪽으로 달려가서 한 아이의 뒷덜미를 낚아챘다. 아이가 놀라 소리를 질렀고 다른 아이들은 한 걸음 물러섰다. 나는 둘러선 아이들을 향해 꺼지라고 고함쳤다. 내 목소리라고 믿기 어려울 만큼 크고 거칠고 사납게 으르렁거렸다. 아이들은 눈치를 살피다가 슬금슬금 달아났다. 나는 뒷덜미가 잡힌 아이를 놓아주지 않았다. 아이가 겁에 질린 얼굴로 달 아주머니를 쳐다보면서 울음을 터뜨렸다. 나는 아이의 뺨을 때리고 죽도록 두들겨 패고 싶었지만 그럴 수 없어서 부들부들 떨었다.

아이를 놓아주고 땅바닥에 널브러진 식빵과 햄과 카레를 비닐봉지에 담아 달 아주머니의 손에 쥐여 주었다. 달 아주머니는 멍한 시선으로 한참 동안 목석처럼 우두커니 서 있다가 뒤뚱거리며 걷기 시작했다. 하고 싶은 말을 억지로 참는 사람처럼 입을 꾹 다물고 힐긋힐긋 나를 쳐다보면서 무겁게 걸음을 떼었다.

흘러내리는 땀으로 흠뻑 젖었지만 달 아주머니는 울지 않았다. 울지 않아서 안심하고 울지 않아 이상하다고 생각하면서 나는 기신기신 걸어가는 달 아주머니를 뒤따라갔다. 달 아주머니를 안전하게 집으로 데려다주어야 한다고 생각했다. 나는 달 아주머니를 위험 속에 방치하고 돌아설 수 없었다.

신발주머니를 흔들면서 뛰어오는 아이들을 보고 달 아주머니가 움찔 멈춰 섰을 때 나는 두 손을 움켜쥐었다. 아이들이 지나가자 달 아주머니는 힘겹게 몸을 돌리고 서서 물끄러미 나를 쳐다보았다. 무언가 망설이고 걱정하는 눈빛으로 나를 응시했다. 고함을 치면서 제멋대로 내달리는 아이들의 모습이 멀어질 때까지 나를 빤히 쳐다보았지만 달 아주머니는 아무 말도 하지 않았다.

길게 한숨을 내쉬고 무언가를 체념한 얼굴로 달 아주머니는 잠자코 몸을 돌려 다시 느릿느릿 걷기 시작했다. 나는 초등학교 후문 쪽으로 걸어가는 달 아주머니를 바짝 뒤따라갔다. 그 길은 우리 집으로 가는 방향과 같았다. 먹을거리를 사지 않아 빈손이지만 상관없었다.

"나는 여기 살아."

초등학교 후문 맞은편 다세대 주택 1층 창문을 눈으로 가리키면서 달 아주머니가 말했다. 나는 알고 있다고 말하고 싶었지만 가만히 고개를 끄덕거렸다.

"너는 별 씨를 닮았구나. 혹시 나를 알고 있니?"

나는 길바닥에서 울고 있던 달 아주머니를 보았다고 말하지 않았다. 그날 이후로 달 아주머니의 모습을 마음에서 떨쳐버리지 못했다고 털어놓을 수 없었다.

"우리 집으로 가서 식빵 먹을래?"

달 아주머니는 내 대답을 기다리지 않고 다세대 주택 공용 현관으로 들어가서 1층 오른편에 있는 출입문을 열었다.

나는 달 아주머니가 활짝 열어 놓은 문 안으로 쭈뼛거리며 걸어 들어갔다. 현관은 곧장 거실 겸 주방으로 연결되어 있었다. 거실 겸 주방을 사이에 두고 크고 작은 방이 마주 놓인 달의 집은 크기와 구조가 우리 집과 비슷했다.

"거기 앉아라."

턱으로 식탁을 가리키면서 달 아주머니가 말했다.

나는 의심도 경계도 하지 않는 달 아주머니의 순한 얼굴을 보고 안심하면서 식탁 의자에 앉았다.

달 아주머니는 식료품이 담긴 비닐봉지를 주방 바닥에 부려놓고 냉장고에서 딸기잼과 오렌지주스를 꺼냈다. 둥근 접시 두 개와 유리컵 두 개, 딸기잼을 덜 때 사용할 스푼을 식탁에 가져다 놓고 식탁 의자 두 개를 붙여 무거운 엉덩이를 걸치고 앉더니 거칠게 숨을 몰아쉬었다.

나는 땀으로 흠뻑 젖은 달 아주머니가 금방이라도 쓰러질까 봐 불안했다. 배는 고프지 않았다. 식빵을 얻어먹으려고 달 아주머니를 따라온 것은 아니었다. 달 아주머니가 오렌지주스를 컵에 가득 따라 벌컥벌컥 들이마시고 있을 때 나는 자리에서 벌떡 일어나 문이 반쯤 열려 있는 욕실로 들어갔다. 수건걸이에 걸린 타월을 가져와서 달 아주머니에게 건네주고 큰방에 있는 선풍기를 거실로 들고 나와 가장 센 바람이 나오도록 버튼을 눌렀다.

달 아주머니는 선풍기 바람을 맞으면서 흰색 타월로 얼굴과 목에 흘러내리는 땀을 닦았다. 틈 없이 완벽하게 둥근 달 아주머니의 얼굴에 떠오른 미소를 보자 나는 왠지 안심이 되었다. 나는 식빵에 딸기잼을 발라 달 아주머니의 접시에 놓아 주고 빈 컵에 다시 오렌지주스를 채웠다. 달 아주머니가 무사히 집으로 돌아와 먹고 마실 수 있어서 마음이 놓였다. 나는 달 아주머니가 외출을 하지 않아도 편하게 먹고 마실 수 있도록 곁에서 보살펴주고 싶었다.

달 아주머니는 나에게 먹으라는 말도 하지 않고 혼자 식빵을 먹고 오렌지주스를 마셨다. 나는 달 아주머니가 그만 먹고 마시겠다고 말할 때까지 식빵에 잼을 바르고 주스를 따라주었다. 누군가를 위해 처음으로 식빵에 잼을 발라준 날이었다. 아버지와 함께 살았을 때 나는 한 번도 아버지를 위해 식빵에 잼을 발라준 적이 없었다.

달 아주머니는 오래전부터 나와 마주 앉아서 먹었던 사람처럼 불편한 기색 없이 식빵을 씹어 삼켰다. 나보다 키가 한 뼘 반쯤 큰 달 아주머니는 겹겹이 늘어진 턱살 때문에 목과 어깨의 경계가 불분명했지만 보통 살이 찐 사람들과 달리 이목구비가 또렷했다. 주름이 별로 없는 이마 아래로 눈썹이 짙은 커다란 두 눈은 쌍꺼풀이 졌고 콧날이 오뚝한 코는 두둑한 얼굴 살 위에서 도드라졌다. 화장을 하지 않았지만 달 아주머니의 크고 얇은 입술은 립스틱을 바른 듯 붉었고 생기가 돌았다.

살진 넓은 어깨와 몇 겹으로 늘어진 가슴 위쪽으로 이목구비가 분명한 달 아주머니의 둥근 얼굴은 몸집에 비해 상대적으로 작아 보였다. 달 아주머니는 내가 빤히 쳐다보는데도 아랑곳하지 않고 먹고 마셨다. 내 이름이며 사는 곳이 어디인지, 평일 한낮에 학교에 가지 않은 까닭이 궁금할 텐데도 묻지 않았다. 나는 달 아주머니가 묻지 않아서 안심했다.

충분히 먹고 마시고 나서 달 아주머니는 힘겹게 몸을 일으켜 세웠다. 나는 큰방 쪽으로 느릿느릿 불안하게 걸어가는 달 아주머니의 희고 두툼한 두 발을 바라보았다. 살이 트고 갈라진 종아리 아래로 걸음을 내딛는 두 발은 전족을 한 중국 여자처럼 몸과 균형이 맞지 않았다. 달 아주머니는 나에게 이렇다 저렇다 말도 없이 뒤뚱거리며 방으로 들어갔다. 처치 곤란한 무거운 짐을 떠안은 사람처럼 입을 굳게 다물었다.

나는 달 아주머니를 따라 방으로 들어갔다. 초등학교 후문 쪽으로 난 창문은 활짝 열려 있었다. 달 아주머니는 흰색 시트가 깔리고 얇은 여름 이불이 접혀 있는 침대에 쿵 소리를 내면서 걸터앉았다. 나는 문지방 안쪽에 무춤 서서 무거운 몸을 받쳐주기에 턱없이 작고 연약해 보이는 달 아주머니의 희고 보드라운 두 발을 바라보았다. 달 아주머니는 고개를 숙이고 앉아 아무 말도 하지 않았다. 이제 그만 돌아가라거나 앉으라거나 무슨 까닭으로 집까지 따라왔느냐고 따져 묻지 않았다.

달 아주머니는 한참 동안 그대로 앉아 있었다. 하고 싶은 말을 억누른 채 깊은 시름에 잠겨 안색이 창백했다. 눈앞에 있는 나를 믿지 못하고 걱정과 근심에 싸여 꼼짝하지 않았다. 나는 상념에 빠진 달 아주머니가 안타까웠다. 달의 집으로 따라 들어오지 말았어야 했다고 후회했다. 무사히 집으로 돌아가는 모습을 확인하고 미련 없이 뒤돌아섰어야 했다고 자책하며 머뭇거렸다. 나로 인해 달 아주머니가 곤란을 겪을까 봐 겁이 났다.

나는 달 아주머니의 발치에 얌전히 무릎을 꿇고 앉았다. 떠나야 한다고 스스로를 재촉하면서도 꼼짝하지 않았다. 고개를 숙이고 분홍빛이 도는 달 아주머니의 길게 자란 열 개의 발톱과 발가락, 발등을 눈으로 더듬었다. 손가락으로 어루만지고 입을 맞추고 싶은 마음이 간절했지만 억지로 참으면서 불안하게 몸을 떨었다.

"별 씨가 없어서 발톱을 깎지 못했어."

달 아주머니는 낮게 가라앉은 목소리로 중얼거렸다.

"별 씨가 없으니까 발톱이 빠르게 자라는 것 같아."

달 아주머니는 내가 아니라 달의 집에 없는 별 아저씨를 좇고 있었다. 빠르게 자라는 발톱을 원망하면서 슬픔에 잠겼다.

나는 발톱을 깎아주고 싶다고 용기를 내 말했다. 거절당할까 봐 두려웠지만 재빨리 말을 해버렸다. 주제넘게 군다고 달 아주머니가 나를 욕하고 때리고 쫓아내도 어쩔 수 없다고 생각했다. 나는 해야 할 말을 했고 어떤 처분이라도 달게 받겠다는 심정으로 고개를 조아렸다.

달 아주머니는 천천히 고개를 들고 내 어깨에 손을 얹었다. 부드럽고 따듯한 손의 감촉을 느끼는 순간 나는 몸을 떨었다. 슈퍼마켓에서 보았을 때부터 나는 달 아주머니를 따라 달의 집으로 오고 싶어서 전전긍긍했다. 우리 집과 별로 다르지 않은 달의 집에서 달 아주머니의 발톱을 깎아주고 싶어서 애를 태웠다.

달 아주머니는 눈으로 화장대를 가리키면서 서랍에 손톱깎이가 있다고 알려주었다. 나는 행여 달 아주머니의 마음이 바뀔까 두려워서 재빨리 서랍을 열고 손톱깎이를 꺼내왔다.

"오늘 너를 만나서 다행이야. 발톱이 길면 흉하니까."

불안한 내 마음을 눈치채고 달 아주머니는 부드러운 목소리로 속삭였다.

나는 달 아주머니의 오른쪽 발을 왼손으로 들어 올리고 엄지발톱부터 차례로 정성껏 깎기 시작했다. 누군가의 발톱을 처음 깎아준 날이었다. 스스로 발톱을 깎을 수 없는 사람이 있다는 비밀을 알게 된 날이기도 했다. 나는 달 아주머니가 거절하지 않아 마음이 놓였고 언제까지라도 따듯한 발을 어루만지며 달의 집에 머물 수 있는 행운을 얻고 싶어서 조바심쳤다.

발톱이 둥글게 깎인 달 아주머니의 오른발을 방바닥에

내려놓고 왼발을 들어 올렸다. 일부러 느리게 손을 움직이면서 달 아주머니의 굵은 발목과 주름이 잡힌 발바닥, 살집이 두두룩한 발등을 부드럽게 어루만지고 쓰다듬고 가볍게 눌러보았다. 나에게 발을 맡기고 달 아주머니는 조용히 앉아 있었다. 골목에서 나를 만났을 때부터 모든 것을 예상했다는 듯이 미소 지었다.

나는 방바닥에 흩어져 있는 발톱을 쓸어 모아 손바닥에 움켜쥐고 느릿느릿 자리에서 일어났다. 열 개의 발톱을 전부 잘랐지만 다시 달 아주머니의 발치에 꿇어앉고 싶은 마음이 간절했다. 달 아주머니의 따듯한 몸에 두 손을 얹고 불안을 잠재우고 싶었다. 길이 없는 길을 하염없이 떠돌아다니고 싶지 않았다.

"내 이름은 공이에요. 반 아이들은 영이라고 놀렸어요. 빵이라고 불렀던 애들도 있었고요."

이름을 말할 때마다 영과 빵이라고 놀려대는 아이들의 얼굴과 목소리가 떠올라 곤혹스러웠는데 달 아주머니 앞에서는 아무렇지도 않았다. 나는 무엇이든 털어놓고 싶은 충동을 느꼈다. 어떤 말을 하더라도 달 아주머니는 비난하거나 외면하지 않을 것 같았다.

"친구들은 지금 어디에 있니?"

달 아주머니는 조심스럽게 물으면서 방 안을 둘러보았다.

"몰라요. …… 다들 어디로 갔는지 모르겠어요. 그냥 사라져버렸어요. …… 찾을 수가 없어요."

나는 주먹을 움켜쥐고 서서 더듬거렸다. 울고 싶지 않았지만 벌써 울음이 터져 나왔다. 울 자리를 찾아온 아이처럼 소리 내어 울었다. 슬픔과 상심에 잠겨 있는 달 아주머니의 고통을 잊어버리고 정처 없이 떠돌고 있는 내가 가여워서 눈물을 흘렸다.

"괜찮아. 울어도 돼. 참지 말고 그냥 울어라."

나는 주먹 쥔 손으로 눈물을 훔쳤다. 영원히 멈추지 않을 것 같은 눈물이 차가운 뺨을 때리면서 흘러내렸다. 부끄러움을 잊고 두려움을 떨쳐버리고 싶어서 나는 울음을 그칠 수 없었다.

"내가 공이 옆에 있어 줄게. 그러니까 걱정하지 마."

달 아주머니는 따듯하게 미소 지으면서 나를 향해 기둥처럼 굵고 단단한 두 팔을 내밀었다.

나는 무릎을 꺾고 달 아주머니의 품에 쓰러져 안겼다. 쿵쾅거리며 뛰는 심장을 달 아주머니의 품에 맡기고 흐느꼈다.

"여기는 안전하단다. 아무도 너를 해치지 못할 거야. 내가 공이를 지켜줄게. 약속해."

손바닥으로 내 등을 부드럽게 쓸어내리면서 달 아주머니는 말했다. 더 이상 춥고 어두운 거리를 떠돌지 않아도 된다고 나를 안심시켰다. 친구들을 찾지 못한다고 해도 내 잘못이 아니고 내가 말하지 않는 것을 억지로 들으려고 하지 않겠다고 약속했다.

"괜찮아. 괜찮을 거야. 무서워하지 마라."

달 아주머니는 낮은 목소리로 중얼거리면서 축축하고 차가운 내 몸을 어루만졌다. 나는 온기를 전해줄 수 없는 내 몸이 부끄러워 눈물을 멈출 수 없었다. 하고 싶은 말을 전부 할 수 없어서 고통스러웠다.

"배가 고프겠구나. 고단할 거야."

달 아주머니의 말을 듣고 나는 비로소 허기를 느꼈다. 참을 수 없을 만큼 배가 고팠다. 나는 울음을 멈추고 달 아주머니의 크고 둥근 얼굴을 똑바로 바라보았다.

달의 집에서 언제든지 충분히 먹을 수 있다고 달 아주머니는 말했다. 허기진 배를 채우고 나면 별 아저씨의 자리에 누워 고단한 몸을 쉬라고 했다. 깊은 잠을 자고 깨면 한결 견딜 만해질 거라고 다독여주었다.

"이곳에서 충분히 쉬었다가 떠나렴."

나는 끝을 알 수 없는 슬픔이 잦아들면 고통과 괴로움에서 놓여나 떠날 수 있을 거라는 달 아주머니의 말을 의심하지 않았다.

나의 집

잘 지내고 있느냐고 아버지가 전화를 걸어 물으면 나는 잘 지낸다고 대답한다. 나는 달의 집에서 부족함이나 아쉬울 것 없이 느릿느릿 게으르고 평화롭게 살고 있다. 잘 지낸다고 대답하고 나면 딱히 더 할 말이 없어서 나는 입을 다물고 아버지가 그만 끊자고 말해주기를 기다린다.

하고 싶은 이야기가 많을 텐데도 아버지는 말을 아끼고 감정을 절제하면서 우물거린다. 나는 깊은 상념에 잠겨 길게 한숨을 내쉬는 아버지를 달래주지 못한다. 아버지가 무엇을 걱정하는지 알고 있지만 딴청을 피우고 모른 척한다. 걸려온 전화를 받지 않는다고 마음이 결코 편할 리 없기 때문에 나는 쓴 약을 받아 마시는 심정으로 괴롭고 불편하기만 한 아버지와의 전화 통화를 묵묵히 견뎌낸다.

M시에 있는 식품회사 보일러실에서 날마다 12시간씩 어떤 일을 하는지 정확하게 알지 못하지만 나는 부지런하고 정직한 아버지가 맡은 일을 성실하게 해내고 있을 거라고 짐작한다. 아버지는 이제 떠돌이 보일러 배관공이 아니다. 월급이 많지는 않아도 겨울철이면 곤궁하고 들쑥날쑥 수입을 예측하기 어려웠던 지난 시절과 비교하면 일 년 열두 달 정해진 날짜에 똑같은 액수의 돈을 받을 수 있는 안정된 자리였다. 아버지는 사십 대 후반에 정규직 사원으로 취업했고 불안정한 생활에서 벗어날 수 있었다.

기능직 정규 사원으로 취업해서 M시로 떠나기 전날 밤, 아버지는 정년까지 근무하다가 퇴직하면 많지는 않아도 죽을 때까지 연금을 받을 수 있다고 말하면서 눈물을 글썽거렸다. 나는 평생 성실하고 정직하게 일하며 살아온 아버지에게 뒤늦게 찾아와준 행운을 기쁜 마음으로 축하해주었다. 혼자 남게 되었지만 아무렇지도 않았다. 나는 아버지가 밥을 차려주지 않으면 끼니를 걱정해야 할 만큼 어리지 않았다. 엄마가 떠난 뒤 나는 깜짝 놀랄 만큼 빨리 철이 들었다. 마음 둘 곳 없는 처지를 비관하고 방황한다거나 자기 연민에 빠져들지 않았다. 나는 시간이 흐르고 서둘러 나이를 먹으면 그럭저럭 견딜 만해질 거라고 확신했다.

M시로 떠난 아버지는 매달 정해진 날짜에 내 통장으로 학비와 생활비를 송금해주었다. 귀찮을 정도로 자주 전화를 걸어 밥을 잘 먹고 지내는지 물었다. 아버지는 회사에서 가까운 곳에 방을 얻었다고 말했다. 12시간이나 되는 길고 지루한 근무를 마치고 방으로 돌아가면 밥을 먹고 텔레비전을 보다가 잠든다고 했다. 12시간 맞교대 근무가 생각보다 쉽지 않다고 했던 아버지는 나에게 전화를 할 때마다 기술을 배워야 한다고 당부하는 말을 잊지 않았다.

기술을 배워두면 큰돈은 벌지 못해도 평생 밥은 굶지 않고 살 수 있다고 했다. 내가 인문계 고등학교에 가겠다고 말했을 때 아버지는 못마땅한 기색을 감추지 않았다. 보일러 배관공이 되라고 강요하거나 설득하지 않았지만 아버지는 내가 기술을 배울 수 있는 고등학교에 진학하기를 바랐고 마음이 바뀌기를 기다렸다. 아버지는 열아홉 살에 할아버지를 따라 건축 공사 현장을 돌아다니면서 보일러 배관 기술을 배웠다. 만약 할아버지가 목수였다면 아버지는 목수가 되었을 사람이었다. 아버지는 싫든 좋든 아비를 따르고 복종하는 선량하고 소박한 삶을 살고 있었다.

아버지는 그런 사람이었다. 실현 가능한 일을 꿈꾸고 최선을 다해 노력했다. 작은 성과에 만족하고 감사하는 삶을 살았다. 자신의 몫이 아니라고 판단하면 재빨리 단념하고 뒤돌아섰다. 아버지는 불가능한 일에 매달리거나 전전긍긍하지 않았다. 포기하고 돌아서면 애면글면하지 않고 훌훌 털어버렸고 남들이 하잘것없다고 여기는 사소한 일에 정성을 기울이고 은혜를 입으면 결코 배반하지 않는 정직하고 선한 삶을 살았다.

아버지는 자신의 삶에 최선을 다했다. 할 수 있는 일을 했고 타인의 삶을 부러워하거나 질투하지 않았다. 수입이 적어도 그 돈을 절약하면서 사는 데 익숙한 사람이었다. 허황된 꿈을 좇지 않고 다정하고 진실했던 아버지는 자식이 행여 분에 넘치는 삶을 탐할까 봐 걱정하고 두려워했다.

나는 아버지를 닮아 체구가 작지만 성실하거나 정직하지 않을 뿐 아니라 성격이 단순하지도 않았다. 아버지는 인문계 고등학교에 들어가려고 하는 아들의 고집을 꺾지 못했다. 내가 선택한 길이 어느 쪽을 향해 있는지 정확하게 알지 못했지만 나는 마음이 내키는 쪽을 따르고 싶었다. 막연하고 불확실한 미래가 불안하고 두려워 갈팡질팡하면서도 짐짓 허세를 떨고 주장을 굽히지 않았다. 나는 아버지와는 다른 삶을 살고 싶었다. 아버지가 걸어가는 길 반대편을 힐긋거리면서 내 선택이 무모하지 않다고 스스로를 격려하고 다독였다.

엄마보다 아버지를 더 사랑했다고 말할 수 없지만 선택해야 하는 상황에 놓였을 때 나는 엄마를 따라가지 않았다. 이혼을 원한 사람은 엄마였고 나는 버림받은 아버지 곁에 남아야 한다고 판단했다. 엄마는 쉽게 나를 단념했다. 아버지가 기술을 배우라고 충고하고 인문계 고등학교 진학을 반대했을 때도 나는 엄마를 따라가지 않고 남았던 결정을 후회하지 않았다. 나는 아버지와 함께 살면서 아버지와는 다른 삶을 살 수 있을 거라고 자신했다.

전일제 근무를 하는 아버지는 여름휴가 같은 특별한 날이 아니면 집으로 오지 않았다. 혼자 살아도 딱히 어렵거나 힘든 일은 없었지만 늦은 밤 어두컴컴한 보일러실에 혼자 우두커니 앉아 있는 아버지의 모습을 떠올리면 왠지 마음이 무거워졌다. 책을 읽거나 컴퓨터 게임 따위를 하지 않는 아버지가 어둡고 긴 시간 동안 무얼 하면서 보내고 있을지 궁금했다. 시나브로 늙어가는 아버지를 생각하면 왠지 서글퍼졌다.

이따금 나는 쓸쓸했지만 금세 아무렇지도 않았다. 아버지와 아들 사이란 좁혀지지 않는 거리가 있고 세월이 흐를수록 그 간극은 점점 더 벌어지기 마련이었다. 아버지가 노인이 되면 달라질지도 모를 일이었다. 나는 늙은 아버지를 달래고 어루만지고 돌보면서 황혼의 시간을 함께할 날을 기다렸다. 남들을 앞질러 성인이 되고 중년에서 노년으로 뜀박질해서 홀로 외롭고 쓸쓸한 시간을 보내고 있는 아버지와 만나고 싶었다.

길바닥에서 울고 있는 달 아주머니를 보았던 날부터 나는 더 이상 아버지의 시간을 더듬지 않는다. 나는 아버지가 있는 M시에 한 번도 가보지 않았고 영원히 갈 수 없다. 우리는 이따금 주고받는 짧은 전화 통화로 만족해야 한다. 아버지는 내가 숨은 장소를 알지 못한다. 설령 알게 된다고 해도 놀라서 화를 내거나 나무랄 수 없다. 전화를 걸어 내 목소리를 듣고 싶다면 아버지는 아무것도 묻지 말아야 한다.

나는 빵과 엿이라고 나를 불렀던 아이들의 목소리와 얼굴을 빼앗겼다. 그 아이들은 열여덟 봄 어느 날 홀연히 자취를 감추었다. 나는 사라진 아이들 때문이 아니라 여기 이렇게 분명한 모습으로 남아 있는 내가 두렵고 무서워서 자주 흐느껴 운다. 아이들이 어디로 갔는지 나는 모른다. 아무도 나에게 묻거나 대답해주지 않는다. 아버지는 나를 탓하지 않았지만 내 잘못이 아니라고 확신할 수 없다. 아이들은 떠났고 어리석은 나는 홀로 남겨졌다. 나도 어디론가 사라져야 한다. 은밀하게 아프지 않게 떠나고 싶다.

때때로 나는 내가 이미 죽은 사람일지도 모른다는 의심이 솟구친다. 차라리 죽은 사람이기를 바랐지만 죽음의 공포는 사라지지 않는다. 아침에 눈을 떠 눈에 띄는 대로 음식을 집어 먹을 때 나는 살아 있다는 사실을 부정할 수 없어서 다시 눈물을 흘린다. 먹지 않으면 살 수 없고 그토록 바라는 죽음의 세계로 건너갈 수 있지만 나약한 나는 그렇게 하지 못하고 괴로워한다.

나는 죽지 않으려고 먹는 사람처럼 음식에 집착한다. 끊임없이 먹어야 한다고 알려준 사람은 달 아주머니다. 달 아주머니는 별 아저씨와 함께 살면서 쉬지 않고 먹었다고 했다. 이제 별 아저씨가 떠나고 없는 달의 집에서 나는 달 아주머니를 먹이는 일을 대신해주면서 살고 있다. 달 아주머니와 함께 먹으면서 별 아저씨가 돌아올 날을 기다린다. 양껏 먹어도 채워지지 않는 허기와 힘겨루기를 하면서 한정 없는 시간을 견뎌내고 있다.

달 아주머니의 바람이 헛되지 않기를 기도한다. 돌아오지 않는 사람은 기다리는 사람의 마음을 알지 못한다. 별 아저씨는 너무 늦지 않게 달의 집으로 돌아와야 한다. 달 아주머니가 기다림에 지쳐 허물어지기 전에, 기다림의 끈을 놓치기 전에 자신의 자리로 돌아와야 한다. 달의 집을 나설 때 미소 지었던 얼굴 그대로 상처 하나 입지 않은 온전한 모습으로 돌아와야 한다.

어느 날 밤에 나는 흐느껴 울면서 잠을 깼다. 빛과 소음이 없는 낯선 어둠 속을 두리번거리다가 달의 집과 달 아주머니를 기억해냈다. 불규칙한 숨소리를 내는 달 아주머니의 따듯한 살에 손을 얹고 나는 안도의 숨을 내쉬었다. 내가 지켜야 할 사람이 곁에 있어서 마음이 놓였다. 아무것도 아닌 나에게 의지해 하루하루를 버티고 있는 달 아주머니가 안타까워서 눈물이 나왔다.

이제 달 아주머니는 울지 않지만 나는 눈물을 멈출 수 없다.

달 아주머니에게 확인하고 싶어도 입이 떨어지지 않는다. 내가 헛것이 아니라 온전히 살아 있는 것인지 묻지 못하고 우물쭈물한다. 달 아주머니는 불안하게 뒤척이는 나를 끌어안고 등을 다독여준다. 밤이 지나면 새벽빛이 밝아오고 시나브로 아침이 올 거라고 중얼거린다. 날이 밝을 때까지 근심을 내려놓고 잠들라고 속삭인다. 애면글면한다고 해도 달라지지 않는다고 말한다.

나는 눈물을 그치고 생각을 멈춘다. 달 아주머니의 따듯한 체온을 느끼면서 눈을 감는다. 춥지도 아프지도 슬프지도 않다. 꿈속에서 나는 꿈을 꾼다.

나는 여전히 살아 있다. 날마다 죽음을 갈망하면서 열여덟 봄을 살고 있다. 나를 먹어 치울 수 있는 유일한 사람인 달 아주머니와 함께 끊임없이 되풀이되는 봄을 살고 있다. 별 아저씨가 돌아오면 우리는 반복되는 봄에서 벗어나 뜨거운 여름과 붉은 단풍으로 물든 가을, 흰 눈으로 덮인 세상을 볼 수 있을 것이다. 불가능하거나 터무니없는 상상이 아니다.

내가 살았는지 죽었는지 확인하고 싶다. 사라진 아이들은 어딘가에 살아 있고 시간이 정지한 공간의 틈바구니에서 죽은 내가 살았다고 착각하며 숨어 있는 거라는 의심을 떨쳐내기 어렵다.

나도 모르게 무서운 죄를 짓고 가혹한 벌을 받고 있는지도 모른다. 크고 무거운 바위를 산으로 밀어 올려 낭떠러지로 떨어뜨리고 다시 끌어올려 떨어뜨려야 하는 형벌이다. 내 몸은 바위가 떨어진 자리에 갈가리 찢겨 널브러져 있다. 나는 부러지고 찢긴 몸을 일으켜 세우고 다시 바위를 굴린다. 해는 뜨지도 지지도 않고 바람과 공기는 없다. 내 몸은 처참하게 훼손되었지만 숨이 끊어지지 않는다. 기괴하게 되풀이되는 삶이 고통스러워서 죽기를 소원하지만 소용없는 짓이다. 나는 죽음을 선택할 수 없다. 삶과 죽음 어느 것도 나에게 허용되지 않는다.

한밤중에 잠을 깨면 상념에 빠져들고 다시 잠들지 못한다. 아버지 말고 전화가 걸려오지 않는 휴대전화를 만지작거리다가 나는 살아 있는지 확인하려면 죽음을 시도할 수밖에 없다고 결론짓는다. 흐르지 않는 시간에서 벗어나려면 그렇게 해야 한다. 무섭고 고통스럽겠지만 선택의 여지가 없다. 죽음보다 고통스러운 삶이다. 비참한 삶을 단숨에 끝내려면 용기를 내야 한다. 머뭇거리지 말고 죽음에 가까이 다가가야 한다.

죽을 수 있는 사람은 지금 살아 있어야 한다.

나는 자살을 시도하는 죽은 사람이다. 어리석고 바보 같은 짓인 줄 알면서도 목숨을 끊어버릴 방법을 골똘히 생각하면서 두리번거린다. 죽음을 맞을 수 있는 확실한 방법을 찾아야 한다. 죽었을지도 모르는 나는 여전히 두려움에 떨면서 죽음을 모색하고 궁리한다. 삶과 죽음으로 나뉘는 길을 찾으려고 애쓰면서 전전긍긍한다.

삶과 죽음 사이에서 혼란을 느끼지 않으려면 아버지와 전화 통화를 하지 말아야 한다. 엄마는 죽은 자식에게 전화를 걸어 안부를 묻는 부질없고 딱한 짓을 시도하지 않는다. 참혹한 현실을 모질고 담담하게 직시했던 엄마는 강하고 현명한 사람이다. 엄마가 훼손된 내 주검을 보지 않아서 마음이 놓인다. 울부짖는 엄마의 목소리를 듣지 않을 수 있어서 천만다행이다.

엄마를 마지막으로 본 날은 아버지가 M시로 떠나고 6개월이 지나서였다. 학교 수업을 마치고 집으로 돌아왔을 때 나는 주방에서 김치찌개를 끓이고 있는 엄마를 보고 깜짝 놀랐다. 엄마는 아침에 등교했다가 집에 돌아온 자식을 맞는 사람처럼 심상한 얼굴로 나에게 식탁에 앉으라고 말했다.

웃음 짓는 엄마와 찌개며 반찬이 차려진 식탁이 어색해서 선뜻 자리에 앉지 못했다. 어서 앉으라는 재촉을 받고 나는 어쩔 수 없이 식탁 의자에 앉았다. 엄마가 자반고등어의 살을 발라 밥 위에 얹어주었다.

"어서 먹어."

엄마가 말했다.

밥 한 공기를 전부 비울 때까지 엄마는 입가에 어색한 웃음을 짓고 나를 빤히 쳐다보았다. 중요한 용건이 있어서 찾아왔을 텐데도 어물거리며 시간을 끌었다.

나는 엄마에게 기다려도 아버지는 귀가하지 않을 거라고 재빨리 말해버렸다.

"왜?"

의심이 가득한 눈으로 엄마가 물었다.

엄마는 떠돌이 배관공인 아버지가 이름을 대면 누구라도 알만한 식품회사 정규직 직원으로 채용되어 M시로 떠난 줄 몰랐다. 아버지의 취업에 대해 알려야 할 까닭도 그럴 마음도 없었지만 왜냐고 묻는 엄마를 보자 난감했다.

나는 아버지가 정년이 보장되고 퇴직 후 연금을 받을 수 있는 직장을 얻었다고 털어놓았다. 엄마는 환하게 웃었고 자신에게 그 소식을 전해주지 않은 아버지와 나를 가볍게 책망했다. 예상하지 못했던 낭보를 듣고 엄마는 기쁘고 들뜬 표정으로 휴대전화를 집어 들었다.

엄마가 축하의 말을 전하려고 전화를 걸었지만 아버지는 받지 않았다. 나는 불안정한 표정으로 휴대전화를 만지작거리는 엄마와 마주 앉아 있기 불편해서 빈 밥공기와 수저를 챙겨 들고 일어났다.

나는 설거지를 하고 식탁에 널려 있는 반찬통을 집어 냉장고에 넣었다. 엄마는 여전히 휴대전화를 손에 들고 앉아 있었다.

"공이가 전화해볼래? 아빠한테 할 말이 있어. 중요한 거야."

엄마는 아버지와 재결합하고 싶다고 말했다. 나는 엄마가 어느 날 불쑥 아버지와 이혼할 거라고 말했을 때보다 더 놀라고 화가 치밀었지만 입을 다물었다.

엄마는 아버지와 이혼하고 1년 남짓 함께 살았던 남자와 헤어졌고 그 뒤로 내내 혼자 지내고 있다고 고백했다. 집으로 다시 돌아오고 싶었지만 차일피일 미루다가 시간을 흘려보냈다고 안타까워했다.

"공이를 생각해서라도 엄마와 아빠가 다시 합치는 게 좋겠지?"

나는 아버지에게 전화해보겠다고 말했다. 느닷없는 일이

어서 마음을 정리하고 생각할 시간이 필요했다. 나보다 더 당황하고 어이없어할 아버지가 딱하고 걱정스러웠다.

"네 아빠만큼 성실한 남자는 없더라. 성실하고 착한 걸로 치면 네 아빠만 한 사람이 없어. M시에서 혼자 지내려면 많이 힘들 거야."

나는 아버지와 통화한 뒤에 엄마에게 연락하겠다고 말했다. 엄마는 오늘 당장 아버지의 의사를 듣고 싶다고 재촉했지만 간단한 문제가 아니었다. 나는 엄마가 돌아가 주기를 초조하게 기다렸다. 엄마 없는 집에 익숙해지기까지 꽤 오랜 시간이 걸렸고 여전히 불편하고 허전했지만 이전의 생활로 다시 돌아가고 싶어 하는 엄마가 어처구니없어서 화가 나고 머릿속이 복잡했다.

엄마가 떠나고 홀로 남았을 때 나는 아버지가 예전의 삶으로 돌아가기를 원하지 않을지도 모른다고 생각했고 짐작은 차차 확신으로 굳어졌다. 나는 아버지에게 전화를 걸어 최대한 짧게 재결합을 원하는 엄마의 뜻을 전했다. 불편하고 난감한 상황에서 벗어나려고 손에 쥐고 있던 공을 재빨리 아버지에게 떠넘겼다. 엄마는 나를 위해서라도 재결합하는 편이 나을 거라고 했지만 아버지가 어떤 결정을 내리든 상관없다고 분명하게 내 의향을 밝혔다.

아버지는 한참 동안 이렇다 저렇다 말이 없었다. 나는 아버지가 오로지 당신 마음이 내키는 대로 결정하기를 바랐다. 이혼은 엄마의 뜻대로 되었지만 재결합은 아버지의 의사가 중요했고 아버지의 결정으로 이루어질 수 있었다. 나는 아무래도 좋았다. 불현듯 집으로 찾아와 재결합 운운하는 엄마에게 반감을 느꼈지만 기가 죽은 모습이 안쓰럽고 딱해서 마음이 무거웠다. 엄마가 다시 집으로 돌아온다고 해서 특별히 좋을 것도 나쁠 것도 없었다. 선택은 내 몫이 아니었다.

침묵하는 아버지가 가엾은데다 어색하고 괴로운 상황에서 놓여나고 싶어서 내가 무슨 말이든 하려고 했을 때 전화기 너머로 웬 여자의 목소리가 들려왔다.

식사하세요.

나는 거실 벽에 걸린 시계를 쳐다보았다. 오후 8시였다. 나는 아버지가 회사 근처 단골 식당에서 순두부찌개나 제육볶음 백반을 주문했을 거라고 넘겨짚었다. 식사를 해야 하는 아버지를 방해하고 싶지 않았다. 전화 통화를 하느라 시간을 질질 끌면 아버지가 따듯한 밥을 먹지 못할까 봐 걱정이 되었다.

"재결합은 어렵다고 엄마에게 전해라."

침묵을 깨고 아버지가 낮은 음성으로 말했다.

"사실은 너에게 미리 해야 했을 말이 있다. 이런저런 일로 미루다가 말하지 못했구나. 이곳에서 함께 지내는 사람이 있어. 두어 달 전부터 말이다. 엄마에게 그 말을 해야 좋을 것 같다."

나는 뭐라 대꾸할 말이 없어서 조용히 듣고 있었다.

"적당한 때가 되면, 네가 여기로 와도 좋고 우리가 거기로 가서 서로 얼굴을 보도록 하자."

우리라는 단어가 생경하게 들렸지만 나는 알았다고 대답하고 서둘러 전화를 끊었다. 휴대전화를 바닥에 내려놓고 한 번도 가보지 않은 도시에서 내가 모르는 사람이 지어준 밥을 먹고 있는 아버지를 떠올렸다. 나는 불쑥 찾아온 엄마 때문에 혼자 외롭게 지내지 않아도 되는 아버지의 형편을 조금 더 일찍 알게 되었을 뿐이었다.

아버지가 누군가와 함께 살고 있다는 사실을 알게 된 뒤에도 나의 생활은 달라지지 않았다. 혼자 밥을 먹고 잠들고 편의점과 슈퍼마켓에서 장을 보고 아버지와 전화 통화를 했다. 나는 아버지와 함께 살고 있는 사람에 대해 침묵했고 아버지도 다시 말을 꺼내지 않았다. 시험을 망쳤거나 이유 없이 우울한 날이면 나는 혼자라서 오히려 홀가분했다.

재결합할 수 없다는 아버지의 말을 전한 뒤로 엄마는 전화를 하거나 집으로 찾아오지 않았다. 나는 엄마가 어디에서 살고 있는지 알지 못했다. 아버지와 이혼하고 집을 떠난 엄마를 한 번도 만나러 가지 않았다. 나에게 엄마는 11개의 전화번호 숫자로 존재했다. 언제든 통화버튼을 누를 수 있지만 간절히 원했던 적이 없었다. 어쩌면 나는 엄마보다 더 모질고 독한 사람이었는지도 모른다.

나는 다시 고요해졌다. 어쩌면 영영 엄마를 볼 수 없을지도 모르지만 받아들여야 한다고 생각했다. 혼자 밥을 먹을 때마다 습관처럼 아버지의 얼굴을 떠올리면서 나는 열일곱이 되었다. 단숨에 스무 살이 되고 싶었다. 청춘의 시간을 재빨리 돌려 남들보다 두 배 세 배 빨리 나이를 먹고 서른, 마흔 살이 되기를 바랐다. 내 곁에서 떠나고 사라진 것들을 잊고 싶었다. 완전히 망각하기를 소망했다. 단숨에 장거리 경주를 마치고 거칠게 숨을 헐떡거리면서 하늘을 바라볼 수 있다면 더할 나위 없이 좋을 거라고 생각했다. 나는 하룻밤 사이에 노인이 돼 길고 지루했던 생을 반추하면서 죽음을 맞는 상상을 했다.

나는 아직 도착하지도 않은 청춘의 시간이 두려워서 넌더리 친 어리보기였다. 겁을 먹고 도망치려고 했던 한심한 아이였다.

나는 서른 살의 삶을 알지 못한다. 마흔의 시간을 살 수 없다. 욕심을 내 서둘러 먹고 싶었던 나이를 한 살도 더 보탤 수 없게 되었다. 공평하게 주어지는 생의 순간을 뛰어넘으려고 했던 어리석은 나를 꾸짖고 실컷 비웃어주고 싶다. 아버지보다 더 빨리 늙기를 바랐던 무모함이 나를 벼랑으로 몰아붙였다. 시르죽은 얼굴로 청춘의 시간을 탕진한 나에게 노년의 삶은 허락되지 않았다.

아버지의 아버지가 되고, 쇠락해서 기울기를 기다리는 노인이 되면 외로움과 슬픔을 잊게 될 거라는 짐작은 터무니없었다. 나는 아버지의 아버지가 될 수 없고 그렇게 되어서도 안 되었다. 외로움이 깊다고 해도 견뎌내면서 차근차근 나이를 먹는 평범한 삶을 살았어야 했다. 나는 늙어 병이 든 아버지를 돌보고, 임종을 지키고, 땅에 묻고 통곡하고 싶다. 마땅히 해야 할 일을 수행하면서 눈물 젖은 얼굴로 회한에 잠길 수 있기를 바란다. 자식을 잃고 슬픔에 사무치는 아버지의 고통을 감당할 수 없다. 그 고통이 얼마만큼 깊고 뼈에 사무칠지 짐작하기 어렵다.

열여덟 봄에 내가 죽었다는 사실을 차마 아버지에게 묻고 확인할 수 없다. 자식을 잃은 아버지에게 가혹한 일이다.

굳은살 박인 손으로 아버지는 공구를 쥐고 있다. 검게 그을린 얼굴이 땀으로 젖어 든다. 자신을 닮은 아들이 미덥지 못해 체기처럼 가슴이 무지근했지만 앞날이 창창한 자식의 생이 무사태평하기를 바라 마지않았던 아버지다. 말이 없고 소심한 아이였다. 마음 깊은 자리에 근심을 품고 태연하게 웃음 짓는 아들이다. 모르는 사이 훌쩍 커버린 자식이 제가 가야 할 곳을 찾아서 뚜벅뚜벅 걸음을 내딛는 모습이 대견하고 뿌듯했다.

아버지는 잠결에 걸려온 전화를 받고 당황했지만 내색하지 않는다. 불안한 목소리로 아들이 아버지의 안부를 묻는다. 아무 일도 없고 그저 목소리가 듣고 싶어서 전화를 걸었다는 아들의 음성은 두려움으로 떨린다. 누군가에게 쫓기는 사람처럼 헐떡거리면서 숨을 몰아쉰다. 아버지는 휴대전화를 손에 쥐고 몸을 일으킨다. 의혹을 품고 불안에 휩싸인 자신의 모습을 아들이 볼 수 없어서 다행이라고 생각한다.

아버지는 참혹한 슬픔에 빠진 사람들 곁으로 달려가지 않아도 된다고 생각하면서 안심한다. 끔찍한 불행에 휘말려 들지 않은 아들이 고마웠다. 세상이 무너지고 상처 입은 사람들의 통곡으로 땅이 갈라진다고 해도 아들만은 안전할 거라고 믿어버린다. 아버지는 행복하지도 불행하지도 않았던 자신의 삶을 반추하면서 괜찮다고 주문을 외듯 중얼거린다. 불운이 찾아온다면 그것은 아버지의 몫이라야 했다. 천둥벌거숭이 같은 아들은 털끝 하나 다치지 않고 무사해야 옳다.

아버지는 주섬주섬 옷을 꿰어 입고 집을 나선다. 어디로 가야 하는지 모르고 걷는다. 먼 곳에서 황망한 슬픔에 사로잡힌 사람들의 통곡 소리가 들려온다. 고통에 몸부림치면서 악을 쓰는 사람들의 비명이 들린다. 아버지는 두려운 마음을 다잡으면서 걸음을 뗀다. 이제 곧 목도하게 될 비참한 광경을 짐작도 하지 못하고 성큼성큼 걸어간다.

나는 꿈에서 시신을 거두는 아버지를 보았다. 아버지는 울음소리를 내지 않고 울고 있었다. 목이 잘리고 팔다리가 잘려 나간 시신은 처참하고 흉측했다. 죽은 내 몸이 끔찍해서 고개를 돌렸다. 꿈이라도 내 주검을 바라볼 수 없었다. 억지로라도 잠을 깨야 한다고 생각했다. 불길하고 불안한 잠을 깨면 아버지를 위로하고 안심시켜주고 싶었다.

나는 소리가 되어 나오지 않는 목소리로 아버지를 불렀다. 슬퍼하지 말라고 소리쳤다. 아버지가 거두는 주검은 내가 아니라고 겁에 질려서 외쳤다. 입이 없는 내 말은 아버지에게 가닿지 못했다. 나는 아버지의 두 눈을 가려줄 손이 없었다. 나는 용서받을 수 없는 자식이었다. 아버지에게 다정하고 따듯한 말을 건네야 할 입으로 나는 내 죽음을 부정하고 있었다.

아버지가 울음소리를 내지 못하는 까닭은 자식의 시신을 찾지 못한 사람들 때문이었다. 아버지의 주위로 수많은 아버지들이 보였다. 모두 자식을 잃은 사람들이었다. 아버지는 땅이 꺼지고 교각이 무너진 자리에 파묻힌, 찌그러지고 비틀린 전세 버스에서 내 주검을 수습해 가슴에 안았다. 갈가리 찢긴 내 몸을 한쪽이라도 놓칠까 봐 두려워 떨면서 전쟁터 같은 그곳을 벗어나려고 정신없이 달렸다. 자식의 주검을 찾지 못한 아버지들에게 죄책감을 느끼면서 허둥지둥 달려갔다.

아버지는 쉬지 않고 달렸다. 울음소리는 삼킬 수 있지만 온몸으로 흘러내리는 땀방울은 감출 수 없었다. 사람들의 눈에 띄지 않는 너른 땅에 닿자 아버지는 조각조각 잘려 나간 내 몸을 흙바닥에 내려놓고 거칠게 숨을 몰아쉬었다. 팔과 다리, 상체와 골반을 찾아 본래 있어야 할 자리에 놓고 가느다란 목에 매달린 머리를 두 손으로 집어 들었다. 갈기갈기 잘려 사방으로 흩어졌던 내 몸은 아버지의 손에서 온전히 수습되었고 비로소 죽은 사람의 형상으로 보였다. 아버지가 어떻게 잘리고 찢긴 수많은 주검이 뒤엉켜 있는 곳에서 내 살과 뼈를 찾아냈는지 알 수 없었다.

살점이 찢기고 검붉은 피로 얼룩진 내 어깨를 어루만지면서 아버지는 참았던 울음을 터뜨렸다. 참혹한 전장에서 자식의 시신을 찾아 살과 뼈를 맞추었지만 장례를 치를 엄두조차 내지 못하고 정신이 나간 사람처럼 눈물을 흘렸다. 내 이름을 부르면서 아버지는 통곡했다. 아버지는 우리에게 닥친 참담한 비극을 부정하거나 의심하지 않았다. 온기를 잃은 자식의 살과 뼈가 헛것이 아님을 알고 있는 아버지는 행여 전장에서 수습한 자식의 주검마저 빼앗길까 봐 두려워서 떨고 있었다.

나는 감긴 눈으로 아버지를 바라보았다. 나로 인한 아버지의 고통이 가혹해서 흐느껴 울 수조차 없었다. 자식을 잃은 아버지의 고통을 감히 헤아리기 어려웠다. 때때로 나는 막연히 죽음을 떠올리면서 알 수 없는 슬픔에 잠기기도 했었지만 이토록 끔찍한 죽음이 존재할 거라고 상상도 하지 못했다.

나는 아버지의 슬픔을 위로해줄 언어가 없었다. 날벼락처럼 찾아온 죽음을 어떻게 받아들여야 할지 몰라 당황하고 허둥거렸다. 죽은 몸으로 어디로 가야 하는지 알 길이 없어서 정처 없이 어둠 속을 걸었다. 누구라도 외면할 수밖에 없는 찢긴 몸으로 어디로 가야 하는지 아버지는 말해주지 않았다. 살아 있는 아버지가 알 리 없었다. 아버지는 아버지의 아버지를 부르며 통곡했다. 자식의 죽음을 겪은 모든 아버지들을 호명하면서 울부짖었다.

두려움에 떨면서 고통으로 무너져내리는 아버지에게 나는 더 이상 내 죽음을 부정하지 말아야 한다. 훼손된 주검을 끌어안고 흐느끼는 아버지에게 내가 이곳에 아직 살아 있다고 덧없이 외칠 수 없다.

나는 없고, 비참한 주검이 거기에 놓여 있다.

꿈에서 깨면 상처 하나 없이 사지가 온전하게 붙어 있는 몸이 헛것 같아서 나는 흐느껴 운다. 살았다고 확신할 수 없다. 아버지가 거두고, 있어야 할 자리에 놓아준 몸과 찢긴 흔적을 찾을 수 없는 몸 중 어느 쪽이 나인지 알 수 없다. 아버지는 내가 살아 있다고 말해주지 않는다. 수많은 주검 속에서 나를 찾아 헤맸다고 말하지 않는다. 아버지는 그저 내 안부를 묻고 목소리를 들을 수 있는 것만으로 안심하는 것 같다.

짧은 통화가 끝나면 늘 후회가 밀려온다. 나는 아버지가 집요하게 안부를 물어주기를 바랐다. 죽음 속을 떠돌지 않도록 붙잡아주기를 간절히 소망했다. 내가 얼마나 겁이 많고 나약한 아이인지 아버지는 알고 있다. 나에게 확신을 줄 수 있는 사람은 아버지 한 사람뿐이다. 아버지는 평생 거친 말을 하지 않았다. 자신의 주장을 내세우거나 고집을 피우면서 성을 내거나 욕설을 퍼붓는 사람이 아니었다. 엄마와 갈라설 때조차 아버지는 냉정하고 차분했다. 되돌리거나 무를 수 없는 일에 연연해하지 않았다. 아버지는 정이 많고 정직한 사람이었다. 위기를 모면하려고 거짓말로 둘러대거나 변명 따위는 하지 않았다.

나는 아버지가 차마 하지 못한 말을 짐작하고 더듬거리며 찾을 수밖에 없다. 아버지는 믿을 수 없는 참혹한 죽음을 감추고 숨기려고 한다. 입 밖으로 내뱉는 순간 스스로 믿어버릴까 봐 두려워서 떨고 있다. 휴대전화 단축 번호를 눌러 나와 통화하면서 죽음의 시간을 유예시키고 내내 조용히 아무 탈 없이 지냈던 자식이 여태도 그 자리에 있기를 소원하는 것이다.

따듯한 바람이 불어오는 거리를 아버지와 함께 걷고 싶다. 아버지가 날마다 12시간씩이나 일하는 M시의 식품회사 보일러실과 목련이 하얗게 꽃을 피운 낯설지만 정겨운 거리, 내가 모르는 사람과 살고 있는 작지만 정갈한 집으로 찾아가서 잠시 잠깐이라도 머물 수 있기를 부질없이 소망한다. 나는 아버지와 함께 걸어보지 못한 길을 더듬거리며 걷는다. 끝나지 않을 듯 길게 이어져 있는 길을 나란히 걸어가다가, 이제는 젊다고 할 수 없는 나의 아버지에게 손을 내밀어주어야 한다.

아직 아버지에게 건네지 않은 말과 듣지 못한 이야기가 있다.

나는 말할 수 없고 듣지 못한다. 땅을 딛고 설 두 다리와 늙은 아버지를 부축해줄 손이 사라졌다. 나는 언제든 마음만 먹으면 달려갈 수 있고 아버지가 내 말에 귀 기울여줄 거라고 믿었던 아둔하고 한심한 자식이다. 성가실 만큼 길고 지루했던 시간이 느닷없이 어둠 속으로 빨려 들어가 버렸다. 웃고 떠들던 아이들은 감쪽같이 사라지고 길 없는 길에서 나는 울며 떨고 있다.

환한 빛 속에서 나는 결코 아버지와 만날 수 없다.

아버지가 가여워서 마음이 아프다. 온전히 죽지 못하고 거듭 죽음을 살고 있는 나를 떠나보내지 못하는 아버지의 고통과 슬픔에 목이 멘다. 누구도 알려주지 않는 죽음을 믿을 수 없어서 울음이 터져 나온다. 아직 생의 빛이 완전히 꺼지지 않았을지도 모른다고, 어리석고 헛된 꿈을 되풀이해서 꾸고 있는 나를 견뎌내기 어렵다.

덧없는 상념을 끊고 침묵해야 한다. 차고 단단한 땅속에 묻혀 떠돌지 말아야 한다. 호명하는 목소리에 대답하지 않으면 아버지는 나를 잊고 단념할지도 모른다.

나는 육신을 잃은 혼령이다.

여태도 온전했던 몸을 잊지 못하고 살아 있다고 착각하며 기괴하고 섬뜩한 꿈속을 방황한다. 처참한 죽음의 자리를 황망하게 벗어나 부질없이 떠돌아다닌다. 겁 많고 미련한 나는 시작과 끝을 알 수 없는, 끝없이 되풀이되는 두려움과 고통의 시간을 자초해서 살고 있다.

나는 죽음이 무엇인지 모른 채 죽고 거듭 죽어야 하는 딱하고 불안한 영혼이다. 용서받을 수 없는 무서운 죄를 짓고 달의 집에 숨어든 헛것이다. 아버지에게 자식 잃은 고통을 안겨준 용서받지 못할 아들이다.

꿈에서 깨도 몸은 되찾을 수 없다. 알고 있지만 믿지 못해 꿈속을 배회한다. 첫걸음마를 뗀 날이 언제였는지 기억하지는 못해도 나는 차근차근 자라서 열여덟 살이 되었다. 동갑내기들을 따돌리고 단숨에 나이를 먹고 늙은이가 되고 싶었던 나는 단 하루도 앞질러서 살 수 없었다. 모두에게 공평무사하게 주어지는 시간이 더디고 지루하게 흐른다고 투덜거리면서 봄빛이 환하게 퍼지는 길에서 이맛살을 찌푸렸던 나는 시간이 멈춘 어둠 속을 유령처럼 떠돌아다닌다. 오늘의 시간이 어제와 다르고 내일 찾아올 날이 여느 날과 다름을 비로소 깨우치고 비틀거린다.

누군가 등 뒤로 다가와서 내 몸을 잡아챘다. 나는 모르는 사람의 손아귀에 붙들려 팽팽하게 부푼 풍선처럼 제멋대로 흔들린다. 허공을 따라 오르내리는 몸의 무게를 느낄 수 없다. 교복이 벗겨지고 살과 뼈가 조각조각 잘려 공중으로 흩뿌려진다. 눈과 코와 입이 없는 얼굴이 바람을 따라 이리저리 쓸리다가 땅바닥으로 굴러떨어진다.

펑 소리가 나고 풍선이 터진다. 풍선의 잔해는 사방으로 흩어진다.

달 아주머니와 나

아무도 모르게 달의 집으로 숨어들었다.

모난 데 없이 크고 둥근 달 아주머니는 기다렸던 사람인 양 반갑게 나를 맞아주었다. 젖은 몸을 떨면서 내가 발톱을 깎아주고 싶다고 말하자 순순히 두 발을 맡기고 앉아 있었다. 어둠 속을 떠돌아야 하는 절박한 내 사정을 꿰뚫어 보았을 텐데도 달 아주머니는 나를 전혀 꺼리지 않았다.

나는 달 아주머니의 품에 스스럼없이 안겨 소리 내어 울었다. 울음 자리를 찾아온 사람처럼 안심하고 울 수 있었다. 달 아주머니는 나에게 어느 날 갑자기 사라진 별 아저씨의 자리를 내주면서 달의 집에 머물러 있어도 괜찮다고 말했다. 나는 달 아주머니와 함께 언제 돌아올지 알 수 없는 별 아저씨를 기다리겠다고 약속했다. 나는 더 이상 혼자가 아니었다. 언제든 달 아주머니의 품에 안겨 시름겨운 몸과 마음을 내려놓을 수 있었다.

선잠을 깨면 밑도 끝도 없는 의혹에 빠져들었다.

달 아주머니는 새벽녘에 잠을 깨 흐느껴 우는 나를 안아주면서 젖가슴을 만져도 괜찮다고 속삭였다. 젖가슴에 얼굴을 묻고 있으면 나쁜 꿈을 꾸지 않고 잠들 수 있을 거라고 했다. 오래전 달 아주머니는 깊이 잠이 든 별 아저씨의 거칠고 메마른 가슴에 손을 얹고 불안하게 흔들리는 마음을 다잡았었다고 고백했다.

나는 희고 물렁물렁한 달 아주머니의 젖가슴에 손을 얹었다. 밀가루 반죽처럼 부드럽게 출렁거리는 가슴을 만지면서 울음을 삼켰다.

"젖을 먹어도 돼. 공이는 아기가 되고 싶지 않니?"

나는 망설이지 않고 달 아주머니의 젖무덤에 와락 얼굴을 묻었다.

"공이가 다 자랄 때까지 젖을 줄게. 그러니까 무서워하지 마라."

나는 목구멍으로 삼킬 틈도 없이 젖이 콸콸 쏟아지기를 바라면서 달 아주머니의 젖꼭지를 아프도록 힘껏 빨았다.

달 아주머니는 한 번도 울지 않은 사람처럼 낮은 음성으로 자장가를 부르면서 앙상하게 마른 내 등을 가만가만 토닥였다.

"충분히 먹으렴. 눈치 보지 말고 먹어라. 그래도 된단다."

나는 갓난아기가 되어 젖을 먹었다. 달고 따듯한 젖을 허겁지겁 욕심껏 삼키는 나를 달 아주머니는 열 달 동안 몸에 품었던 자식인 양 보듬어주었다.

달 아주머니는 언제든지 젖을 먹게 해주었다. 입안에 젖을 머금고 있으면 불안과 두려움이 잦아들고 낯선 죽음의 공포에서 멀리 달아날 수 있었다. 나는 아기가 되어 언제까지라도 달 아주머니의 품에 안겨 있고 싶었다. 보살핌과 사랑을 받으면서 유년의 시간을 다시 살고 싶은 욕망으로 목이 메었다. 아직 도착하지 않은 스무 살 청춘의 시간에 다다를 수 있기를 갈망하면서 버둥거렸다.

해가 뜨면 나는 투정 부리는 어린아이로 남아 있지 않았다. 달 아주머니가 베풀어준 사랑에 보답해야 했다. 나는 달 아주머니를 먹이기 위해 밥을 짓고 라면을 끓였다. 무거운 몸을 일으킬 때마다 힘겨워하는 달 아주머니를 대신해서 어질러진 집 안을 치우고 쓰레기를 버리고 배달 음식을 주문했다. 나는 달 아주머니의 늘어지고 쭈글쭈글 주름이

잡힌 두 개의 유방이 달고 따듯한 젖으로 차오르기를 기다리면서 재바르게 몸을 움직였다. 마땅히 해야 할 일이었다. 나는 요리할 줄 모르는 달 아주머니를 먹이고 보살펴야 하는 책무를 기쁜 마음으로 떠맡았다.

굳이 힘들게 몸을 움직이지 않아도 달 아주머니는 양껏 먹을 수 있었다. 별 아저씨의 바람이었다. 달 아주머니는 나무랄 데 없이 완벽하게 둥글었다. 사람이 한 끼에 먹을 수 있는 음식의 양이 정해져 있고 몸무게 역시 최대치가 있을 거라는 내 예상을 가볍게 깨뜨리고 달 아주머니는 어느 누구도 결코 도달하지 못한 고지를 향해 숨 가쁘게 달려가고 있었다. 한정 없이 커지지 않는 보름달과 달리 나의 달 아주머니는 점점 더 커다랗고 둥글어졌다. 보름밤이 지나도 결코 이울지 않는 몸은 햇빛이 환한 한낮에도 스러질 염려가 없었다.

달 아주머니와 별 아저씨는 30년을 함께 살았지만 아이를 낳지 않았다. 웬일인지 별 아저씨는 아이를 갖고 싶어 하지 않았고 달 아주머니는 아무래도 상관없다고 생각했다. 별 아저씨에게 달 아주머니는 아내이고 여왕이고 딸이고 모든 것이었다. 넘치도록 과분한 존재였던 달 아주머니에게 헌신하고 복종하며 살겠다고 별 아저씨는 거듭 맹세했다.

복종하며 살았던 사람은 별 아저씨가 아니었다. 별 아저씨 한 사람 외에 어느 누구와도 만나려고 하지 않았던 달 아주머니는 외롭고 고립된 삶에 흔쾌히 길들었다. 달 아주머니의 사랑은 힘겹고 고달팠다. 타인의 삶에 지나치게 관심이 많은 데다가 아무렇게나 찧고 까불어대는 이웃들의 시선을 견뎌내지 못할까 봐 지레 겁을 먹었다. 달 아주머니는 행여 사람들 눈에 띌까 봐 꼭꼭 숨어 있었다. 술래에게 잡히지 않으려고 몸을 납작 엎드린 숨은 아이처럼 마음을 졸이면서 밖으로 난 모든 문을 꼭꼭 걸어 잠갔다.

타인의 시선은 차단할 수 있어도 자신의 모습을 감추기란 어려웠다. 몸을 낮추고 숨을 죽일수록 심장 뛰는 소리는 점점 더 크고 거칠어졌다. 달 아주머니는 사랑하고 믿고 따랐던 가족과 친구들의 모습을 마음속에서 지우면 본래의 자신과 다른 존재가 되어 언제까지라도 별 아저씨와 함께 할 수 있을 거라고 생각했다. 몸 밖으로 튀어나올 듯 요동치며 날뛰는 심장을 달래고 다스리면 술래를 따돌리고 숨을 수 있을 거라고 믿어버렸다.

내가 왜소한 몸이 싫다고 털어놓자 달 아주머니는 작고 마르지 않았다면 나를 달의 집으로 불러들이지 않았을 거라고 했다. 형편없는 몸 덕분에 나는 달의 집에 머물러 지낼 수 있었다.

나는 별 아저씨처럼 달 아주머니에게 헌신하며 살고 싶었다. 달 아주머니가 굳이 집 밖으로 나가지 않아도 언제든 충분히 먹을 수 있도록 도와야 했다.

"공이가 나를 찾아와줘서 다행이야. 이제 떠돌지 않아도 되니까 마음이 놓인단다."

달 아주머니가 까닭을 알 수 없는 슬픈 표정을 짓고 말했을 때 나는 벌떡 일어나서 화장대 서랍을 열고 손톱깎이를 꺼내 왔다. 마음이 놓인다고 했지만 걱정이 가득한 목소리가 불안해서 나는 달 아주머니의 발치에 공손히 무릎을 꿇고 앉았다.

날마다 조금씩 자라는 달 아주머니의 발톱을 깎아줄 사람은 나뿐이었다. 부드럽고 따듯한 달 아주머니의 발을 어루만질 수 있다면 조바심 내거나 욕심을 부리지 말아야 했다.

"하마터면 널 그냥 지나칠 뻔했어. 춥고 어두운 길에 널 두고 혼자 집으로 왔더라면 두고두고 후회했을 거야. 그러니까 급하게 떠나지 않아도 된단다. 충분히 먹고 쉬었다가 때가 되면 ……."

나는 떠나지 않겠다고 말했다. 어느 날 한꺼번에 사라진 아이들처럼 별 아저씨는 돌아오지 않고 나는 어디로도 갈 수 없었다. 달 아주머니는 알지 못했다. 문을 열면 다시 문으로 막혀 있었다. 단단하고 차가운 문에 가로막혔다. 나와 달 아주머니는 파괴된 도시에 남아 있는 마지막 생존자였다. 우리는 유령의 도시에 남은 이미 사망한 사람과 다를 바 없는 허망한 존재였다.

차마 말할 수 없었다. 내가 알고 있는 끔찍한 진실을 털어놓을 용기가 나지 않았다. 그 말을 듣고 고통스러워할 달 아주머니의 얼굴을 보고 싶지 않았다. 나는 달 아주머니가 아무 근심 없이 둥글어지기를 바랐다. 죽었거나 아직 채 죽지 않은 것들로 꽉 찬 세상을 감추고 덮을 수 있다면 언제까지라도 그렇게 하고 싶었다.

살아 있다고 해도 나는 온전히 산 것은 아니었다. 나는 달 아주머니의 젖으로 겨우 목숨을 이어가고 있었다. 손목의 동맥을 그으려고 면도날을 쥐었던 손으로 나는 달 아주머니의 젖가슴을 만졌다. 피투성이가 된 내 모습을 떠올릴 때마다 두렵고 무서워서 울음을 삼켰다. 거듭 수습되는 주검을 보고 싶지 않았다. 절망에 빠져 울부짖는 아버지의 야윈 등을 응시할 용기가 없었다.

나는 죽음이 두려워서 죽지 못했지만 죽음만이 나를 구원해줄 거라고 확신했다. 죽음의 공포를 느끼지 않으려면 죽는 수밖에 없었다. 나는 쉽게 성공할 수 없는 죽음을 엿보고 소망하면서 시나브로 병들어가고 있었다. 병든 몸을 끌어안고 살지도 죽지도 못하고 부유했다. 죽음은 나를 유혹하고 따돌렸다. 무서움을 이겨내면 죽음의 세계로 건너올 수 있다고 손짓했다. 겁이 많은 내가 결코 해내지 못할 거라면서 비웃고 조롱했다.

짐작과 달리 죽음은 끔찍하거나 고통스럽지 않을지도 몰랐다. 끝없이 나락으로 떨어지는 형벌이 아니라 가라앉고 흩어지고 흘러가다가 없어지는 쉼일 수도 있었다. 정지와 침묵이었다. 고통스러운 삶을 끝낼 최선의 방법이었다. 내가 죽으면 발톱이 자라기 전에 숨이 끊어지고 겹겹이 둘린 문 안에 갇히게 될 달 아주머니가 걱정스러웠다. 돌아오지 않는 별 아저씨를 원망하고, 외부와 단절되어 끊임없이 음식을 먹으며 살아왔던 30년의 세월을 한탄하면서 죽음을 맞게 될 달 아주머니가 안타까웠다.

나와 달 아주머니를 주의 깊게 살피는 사람은 앞니 하나가 빠진 누런 이를 드러내놓고 혼잣말하거나 오가는 사람에게 시비를 거는 키 작은 여자였다. 이른 아침부터 해가 저물 때까지 골목을 오락가락하면서 폐지를 줍는 여자는 누군가 골목으로 나와 재활용 쓰레기통을 열고 플라스틱이나 빈 병, 폐지를 넣는 기척이 들리면 한밤중이라도 기다리고 있었던 양 재빨리 튀어나왔다.

여자는 초등학교 후문 근처에 있는 재활용 쓰레기통을 담당자처럼 지키고 있다가 쓰레기를 버리러 나온 사람의 손에 들려 있는 폐지며 빈 페트병을 빼앗듯이 가져갔다. 나는 뻔뻔하고 염치없는 데다가 기가 찰 정도로 당당한 여자의 태도에 주눅이 들었고 행여 눈에 띄어 곤욕을 당할까 봐 불안했다.

여자는 리어카나 고물 유모차를 끌고 다니면서 박스며 폐지며 빈 병 등속을 수집하는 여느 사람들과 달랐다. 다세대 주택을 따라 띄엄띄엄 놓인 재활용 쓰레기통에서 쓸 만한 물건을 챙겨 어디론가 사라졌다가 다시 나타나기를 반복하는 여자는 사람들이 모르는 무서운 비밀을 알아채기라도 한 듯 음흉하게 능청을 떨었다.

며칠 전 나는 폐지 줍는 다른 여자에게 한바탕 대거리하면서 날뛰는 여자의 모습을 훔쳐보았다. 초등학교 후문 쪽 골목으로 70대로 보이는 늙은 여자가 고물 유모차를 끌고 나타나자 앞니 빠진 여자는 긴장한 얼굴로 서서 팔짱을 꼈다. 유모차에 박스와 폐지가 차곡차곡 쌓여 있었지만 늙은 여자는 폐지 줍는 사람처럼 보이지 않았다. 쪽 찐 머리에 입술을 빨갛게 칠하고 노랑 저고리와 흰 치마를 입은 늙은 여자는 가느다란 목에 초록색 스카프를 두르고 두 개의 천 가방을 가슴 앞으로 엇갈려서 매고 있었다. 짙은 화장을 한 얼굴은 고랑처럼 주름이 자글자글하고 때와 얼룩으로 치마와 저고리가 더러웠지만 몸피가 작아서인지 늙은 여자는 한복이 썩 잘 어울렸다.

늙은 여자가 유모차를 세우고 달의 집 창문 앞쪽으로 놓여 있는 재활용 쓰레기통에 손을 대는 순간 앞니 빠진 여자의 입에서 비명이 터져 나왔다. 늙은 여자는 놀라서 뒷걸음질 쳤다. 나는 앞니 빠진 여자가 늙은 여자를 밀치고 때릴까 봐 마음이 조마조마했다. 늙은 여자가 정신을 가다듬으면서 재활용 쓰레기통 앞으로 다시 한 걸음 다가서려고 하자 앞니 빠진 여자는 주먹 쥔 손을 허공에 휘두르면서 앙칼지게 소리를 내질렀다.

두 여자의 싸움은 안녕하냐고 묻는 아이의 출현으로 일시 중단되었다. 늘 허공에 대고 안녕하냐고 소리치고 꽁지 빠지게 달아났던 아이는 웬일인지 두 여자를 향해 끈질기게 묻고 있었다. 앞니 빠진 여자가 달아나는 아이를 뒤쫓는 틈에 재빨리 재활용 쓰레기통 뚜껑을 열었던 늙은 여자는 신문지와 페트병 하나 없이 텅 빈 고무통 안쪽을 살피면서 낮은 목소리로 걸쭉하게 욕설을 내뱉었다.

늙은 여자가 내지른 욕설이 통쾌했다. 컥컥 숨을 몰아쉬면서 돌아온 앞니 빠진 여자는 뚜껑이 덮인 고무통 위로 올라가 팔짱을 끼고 앉았다. 늙은 여자의 모습은 눈앞에서 사라졌고 빼앗기거나 잃은 물건이 없는데도 여자는 화가 난 얼굴로 씨근벌떡거렸다.

여자는 파수꾼이었다. 재활용 쓰레기를 버려야 하는데 파수꾼 여자와 마주치기 싫어서 미루고 있었다. 나와 달 아주머니를 감시하려고 집요하게 버티고 서 있는 여자의 모습을 훔쳐볼 때마다 소름이 끼쳤다. 악착같이 쓰레기통을 지키면서 살피고 뒤지고 궁리하는 여자에게 단서가 될 만한 물건을 순순히 내줄 수 없었다. 쓰레기를 버리지 않으면 파수꾼 여자는 속이 타서 발을 동동 구르고 악담을 퍼붓겠지만 호락호락 계략에 걸려들 만큼 나는 어리석지 않다.

나는 피자와 치킨 상자와 일회용 그릇, 음료수병, 빈 캔 등속을 비닐봉지에 담아 현관 안쪽에 차곡차곡 쌓아두었다. 버려야 할 쓰레기 때문에 넓지 않은 달의 집이 점점 더 좁아졌지만 크게 불편하지는 않았다. 텅 빈 것보다는 쓸모없는 물건으로라도 채워지는 편이 나았다. 무심코 버리고 방치했던 사물들이 시르죽은 얼굴로 어둠 속에 웅크리고 앉아 있는 내 모습 같아서 애틋했다.

나와 달 아주머니가 무엇을 먹고 마시는지 여자는 알고 있었다. 피자와 치킨, 족발, 짜장면을 배달하는 오토바이가 공용 현관 앞에 멈춰 서면 여자는 달의 집 창문을 뚫어져라 쳐다보았다. 날마다 배달 음식을 먹는 사람은 나와 달 아주머니뿐이었다. 하루에 서너 차례씩 배달 오토바이가 오갈 때도 있었다. 나와 달 아주머니가 식탁에 마주 앉아 그 많은 양의 음식을 허겁지겁 먹어 치우는 광경을 본다면 여자는 아마 놀라서 나자빠질 게 뻔했다.

이따금 여자는 뚜껑이 덮인 고무통 위에 걸터앉아 김밥이나 튀긴 닭 조각을 야금야금 먹어 치웠고 길고양이가 다가오기라도 하면 인상을 찌푸리면서 휘휘 손을 내저었다. 아무도 묻지 않았지만 여자는 김밥과 튀긴 닭 조각을 준 사람이 누구이며 그 사람이 얼마나 친절하고 고마운지 길게 씨부렁거렸다. 창피를 알지 못하는 뻔뻔하고 해괴한 여자였다.

달 아주머니가 낮잠을 자는 한낮이면 여자의 목소리는 한층 더 크고 거칠어졌다. 그때마다 나는 밖으로 뛰어나가 재활용 통 속에 여자를 쑤셔 넣고 뚜껑을 닫아버리고 싶은 충동에 시달렸다. 버려져야 할 것은 여자였다. 누구도 욕심 내지 않을 여자의 볼품없는 몸이 비누 거품처럼 톡톡 터져 흔적 없이 사라져준다면 더 이상 바랄 게 없었다.

소음을 줄이려면 창문을 닫아야 했다. 나는 파수꾼 여자를 쫓아낼 방법이 없었다. 앞니 하나가 빠지고 되는 대로 머리를 짧게 자른, 키가 작고 목이 짧은 여자는 달의 집에 숨어 있는 나를 찾아내려고 안달이 나 있었다. 바보처럼 히죽 웃고 두런거리면서 짐짓 딴청을 피웠지만 사람들이 모르는 비밀을 알아채고 흥분해서 날뛰었다. 여자에게 맞선다고 나에게 득이 될 일은 없었다. 여자는 술래고 나는 술래에게 잡히면 안 되는 숨은 아이였다.

나는 달 아주머니와 함께 배불리 먹고 어제보다 조금 더 비좁게 느껴지는 침대에 누워 여자를 향한 짜증을 억누르면서 깜빡 잠들었다가 눈을 뜬다.

"공이는 내가 언제부터 뚱뚱해졌는지 궁금하지 않니?"

행여 누가 엿들을까 봐 두려운지 달 아주머니는 목소리를 낮추고 묻는다.

나는 달 아주머니의 뜬금없는 질문에 대꾸하지 않는다. 품에 안겨 젖을 먹고 잠이 들었지만 달 아주머니가 본래부터 살이 찌지는 않았을 거라고 생각해본 적이 없다. 나는 달 아주머니가 아닌 달 아주머니를 상상하지 않는다. 둥글지 않으면 나의 달 아주머니가 아니다. 갓난아기가 자라 걸음을 떼고 아이로 성장해서 청년이 되고 중년을 지나 늙고 병들어 노년을 살다 마침표를 찍는 인생에서 제외된 나처럼 달 아주머니 역시 예외적 인간일 거라고 짐작할 뿐이다.

"지금껏 누구에게도 말한 적이 없어. 사실 누가 물을까 봐 겁을 먹고 살았는데 …… 아무도 질문하지 않았지. 공이는 아기니까, 부끄러워하지 않고 말할 수 있을 것 같아."

몸무게가 얼마만큼 나가는지 달 아주머니는 정확하게 알지 못한다고 했다. 나는 앞니가 빠지지 않은 여자의 모습은 어렵지 않게 떠올릴 수 있지만 살이 찌지 않은 달 아주머니는 상상하기 어렵다.

"몸무게가 늘 때마다 별 씨는 박수를 쳤어. 뒤집고 앉고 서고 뛰는 아기를 지켜보면서 기뻐하는 부모들처럼 말이야."

달 아주머니가 힘겹게 몸을 일으키고 앉자 낡은 침대가 출렁거린다.

20대에 50킬로그램이었던 달 아주머니의 몸은 30대가 되었을 때 100킬로그램이 넘어버렸다. 가속도가 붙자 달 아주머니의 체중은 거침없이 내달리는 짐승처럼 통제 불능이었다.

나는 젊고 날씬한 달 아주머니의 모습을 떠올리려고 헛되이 애쓰다가 뚱뚱하지 않은 달 아주머니는 나의 달 아주머니가 아니라고 간단하게 결론짓는다.

"별 씨가 좋아하니까 나도 덩달아 기뻤어. 살쪄가는 내 모습을 보면서 행복해할 사람이 있으리라고 상상도 못 했거든."

체중이 100킬로그램이 넘자 별 아저씨는 일주일에 한 번씩 방바닥에 무릎을 꿇고 앉아 달 아주머니의 발톱을 깎아주었다. 콩나물국과 두부 부침에 마음이 끌려서 결혼을 결심했던 달 아주머니는 정성껏 발톱을 깎아주는 별 아저씨에게 다시 한번 크게 감동했다. 흔하지도 진부하지도 않은 서사였다. 별 아저씨 덕분에 나는 완벽하게 둥근 달 아주머니를 독차지하는 행운을 얻을 수 있었던 셈이다.

달 아주머니는 콩나물국과 두부 부침 같은 별 아저씨가 정성껏 만들어주었거나, 빵이며 튀김 등 사 가지고 온 음식으로 부지런히 살을 찌웠다. 별 아저씨는 넓지 않은 집 안 곳곳에 먹을거리를 충분히 놓아두었고 날마다 값싸고 기름진 음식을 사 나르면서 즐거워했다. 달 아주머니는 먹어도 먹어도 먹을거리가 좀처럼 줄지 않는 작은 방에서 숨을 헐떡거리다가 지쳐 잠이 들 때까지 먹었다.

"온종일 먹기만 하는 삶을 살게 될 줄 상상이나 했겠니? 사실, 쉽지 않았어. 이따금 멈추고 싶었거든."

별 아저씨가 아침에 밥을 차려놓고 공장으로 가면 달 아주머니는 느직이 일어나 식사를 하고 손에 잡히는 대로 빵이며 과자를 집어 먹었다. 집 밖으로 나가야 할 일이 없었다. 필요한 물건이 완벽하게 갖추어진 별의 집에서 달 아주머니는 별 아저씨가 가져오는 먹이를 착실히 집어삼켰고 오로지 살을 찌우는 데만 열중하면서 빈둥거렸다.

"돌이킬 수 없었어. 별 씨를 기쁘게 해주고 싶었으니까."

달 아주머니는 온종일 별 아저씨를 기다렸다. 어제보다 조금 더 살진 모습을 보여주기 위해 조바심치면서 무료한 시간을 보내야 했다. 자동차 부품을 생산하는 공장에서 일하는 별 아저씨가 쇠 냄새와 기름 냄새를 풍기며 집으로 돌아와 땀에 전 작업복을 벗고 콩나물국을 끓이고 두부 부침을 부쳐 저녁상을 차리는 동안에도 달 아주머니는 게으름을 피우지 않고 공손하게 열심히 먹었다.

어느 날 달 아주머니는 멋지고 고급스러운 자동차를 타고 근사한 집으로 귀가했던 기억을 떠올리면서 깊은 한숨을 내쉬다가 소스라치게 놀랐다. 만약 달 아주머니가 별 아저씨를 만나지 않았다면 쇠 냄새와 기름 냄새, 땀 냄새를 풍기는 사람들이란 막연하게 추측하고 어림짐작할 수 있는 낯설고 이질적인 존재 이상일 수 없었다.

"무섭고 두려웠어. 내가 별 씨를 떠나버릴까 봐."

별 아저씨는 동료 직원이 컨베이어 벨트에 손가락이 잘리는 사고를 당한 날에도 잊지 않고 식빵과 튀긴 닭을 사 왔다. 그날 달 아주머니는 여느 날과 달리 술에 취해 돌아온 별 아저씨를 품에 안고 재웠다. 잘려 나간 손가락이 별 아저씨의 손이 아니어서 안도했지만 언제 사고가 날지 알 수 없어 무섭고 불안했다.

두려움에서 벗어나려면 별 아저씨를 떠나야 했다. 별 아저씨의 삶은 안전이 보장되지 않았다. 만약 달 아주머니가 단순하고 선량하지 않았다면 콩나물국을 끓이고 두부를 부쳐 상을 차려낸 투박하고 억센 별 아저씨의 손에 매혹당했을 리 없었다. 안락하고 편안한 침대와 값비싸고 화려한 옷장, 화장대가 있는 방으로 돌아가는 꿈을 꾼 날이면 달 아주머니는 스스로를 무섭게 책망하면서 마음을 다잡았다.

별 아저씨를 떠나는 꿈은 죄책감으로 이어졌다. 달 아주머니는 별 아저씨를 떠날 수 없었다. 두렵고 불안한 삶이지만 함께 해야 옳다고 거듭 다짐했다. 좁은 집 안 곳곳에 널려 있는 먹을거리는 불안한 마음을 다스리는 데 큰 도움이 되었다. 달 아주머니는 온종일 빵이며 피자며 치킨이며 족발 따위를 입에 넣고 우물거리면서 스스로를 다독일 수 있었다.

"별 씨가 아니라 나를 위해 살을 찌우고 싶었어. 달아나지 못하도록."

거울 앞에 서서 둥글게 살이 오른 얼굴과 목, 가슴, 팔뚝을 바라보면서 달 아주머니는 이제 아름답지도 날씬하지도 않은 자신의 모습에 미소 지었다. 돌아간다고 해도 아무도 반겨주지 않을 거라고 생각하면서 안도했다.

달 아주머니가 살이 찔수록 별 아저씨의 태도는 한층 더 공손해졌다. 식비로 지출하는 돈을 아까워하지 않고 공장 일이 아무리 바쁘고 힘들어도 잊지 않고 달 아주머니의 끼니를 챙겼다.

"공이를 만나지 않았다면 나는 다시 먹지 못했을 거야."

달 아주머니는 울적한 목소리로 말한다.

달 아주머니의 체중은 150킬로그램이 훌쩍 넘을 성싶다. 나와 함께 지내면서 달 아주머니는 자주, 충분히 먹었고 온종일 침대에서 누워 있거나 잠을 잤다. 몸무게를 더할 때마다 기뻐서 손뼉을 쳐주는 별 아저씨는 곁에 없지만 게으름을 부리지 않고 꾸준히 살을 찌웠다.

“이제 나는 그만 먹어도 될 것 같아. 30년 동안 쉴 틈 없이 먹었으니까 그것으로 충분하지 않겠니?”

시무룩한 표정을 짓고 말하는 달 아주머니에게 나는 차갑게 식은 치킨 한 쪽을 집어다 준다. 30년 동안 꾸준히 지속해온 행위를 어느 날 갑자기 중단하기란 쉬운 일이 아니다. 용기 있는 결정이라고 지지해줄 수 없다. 달의 집에서 시간을 견디려면 먹어야 한다는 규칙을 달 아주머니는 잊지 말아야 한다.

나는 차갑게 식은 치킨 한 쪽을 손에 들고 망설이고 있는 달 아주머니에게 어서 먹어 치우라고 달콤한 목소리로 유혹한다. 달 아주머니는 얼굴을 붉히면서 힘없이 고개를 떨어뜨린다.

살찌우기를 멈추면 별 아저씨를 기다릴 수 없다고 나는 달 아주머니를 설득하고 달랜다.

“공아, 이제 나는 먹지 않아도 된단다.”

먹지 않아도 된다는 달 아주머니의 말은 이제 달의 집에서 떠나라고 재촉하는 말처럼 들린다.

“그러니까 나는 …….”

달 아주머니의 곁에서 희망 없는 삶을 연명하고 있는 나는 열여덟에서 더는 나이를 먹을 수 없다고 솔직하게 털어놓을 수 없다. 품에 안겨 맘껏 울었지만 무섭고 끔찍한 비밀을 고백할 용기를 내지 못한다.

자랄 수 없는 아이에게 젖을 주며 달랜 줄 알게 되면 달 아주머니는 슬픔에 빠져 단호하게 음식을 거부할지도 모른다. 30년 동안 오로지 먹는 일에만 충실했던 몸을 혐오하면서 죽어가는 달 아주머니를 보고 싶지 않다. 나는 한 번도 본 적 없는 별 아저씨 대신이다. 나의 엄마이고 유일한 벗인 달 아주머니를 잃고 싶지 않다.

전세 버스 열 대가 학교 운동장에 세워져 있었다. 크고 작은 배낭과 캐리어를 짊어지고 끌며 나타난 아이들은 학년과 반을 종이에 적어 앞 유리창 귀퉁이에 붙여놓은 버스에 올라타면서 시끄럽게 떠들어댔다. 버스 출입문 앞에 서서 학생들의 머릿수를 헤아리고 누군가에게 잔소리를 하고 주의를 주고 맑게 갠 하늘을 잠깐 올려다보던 담임선생님이 갑자기 고개를 돌려 교실 창가에 서 있는 나를 흘긋 쳐다보았다.

전세 버스는 학생들과 교사를 태우고 차례차례 교문을

빠져나갔다. 나는 텅 빈 운동장과 그림처럼 요지부동인 축구 골대를 하릴없이 눈으로 더듬었다. 내가 왼쪽 발목 인대가 끊어졌다고 거짓말했을 때 담임선생님은 진단서를 가져와야 하고 나흘 동안 교실에서 자습을 해야 한다고 점잖게 협박했다. 나는 쉽게 물러나지 않았다. 거짓말에 다시 거짓말을 보태야 했지만 죄책감이나 부끄러움은 느끼지 못했다.

등교해서 자습을 하겠다고 순순히 대답했지만 그럴 마음은 전혀 없었다. 나는 반 아이들과 함께 전세 버스를 타고 J시에 가고 싶지 않았다. 3박 4일 동안 우르르 몰려다녀야 하는 단체 생활은 생각만으로도 지겹고 싫었다. 사내아이들과 한방에서 몸을 맞대고 잠들었다가 깨서 차례를 다투어 샤워하고 옷을 갈아입어야 하는 단체 활동을 견뎌낼 자신이 없었다. 영과 빵은 교실에서 만으로도 충분했다. 나는 힐긋거리며 야유하는 시선으로부터 나를 지키고 싶었다.

담임선생님은 내가 유일한 낙오자라고 힐난했다. 전교생 중 가장 작고 형편없이 말라서 평소에 눈에 띄지 않았던 내가 자신의 반 학생이라는 사실을 알고 낭패를 당한 사람처럼 짜증을 내면서 비아냥거렸다. 나는 담임선생님의 조소 섞인 시선과 말에 굴복하지 않았다.

나흘 동안 집에서 빈둥거릴 작정이었다. 전세 버스 열대가 J시에 도착할 때까지 늦잠을 잘 수도 있었다. 온종일 아무것도 하지 않아도 뭐라고 할 사람이 없는 내 처지가 신이 나서 큰 소리로 웃고 싶은 심정이었다. 똑같은 교복을 입은 아이들이 똑같은 체육복으로 갈아입고 우르르 식당으로 몰려가 단체 급식을 먹고 유적지를 찾아다니고 기념사진을 찍을 때쯤 나는 느릿느릿 밥을 먹고 게임을 하다가 다시 잠들 수 있었다. 내가 없는 자리는 표가 날 리 없고 아쉬워할 사람이 없어서 오히려 홀가분했다.

특별한 휴가를 얻어냈다는 생각으로 기뻤고 들떠 있었다. 담임선생님을 속이고 반 아이들을 따돌리는 데 성공해서 우쭐했다. 숨 막히는 학교에서 놓여나 혼자만의 시간을 누릴 수 있는 뜻밖의 행운을 차지했다고 생각했다. 주도면밀한 내 거짓말에 속은 담임선생님을 생각하자 웃음이 터져 나왔다. 아무나 붙잡고 깔깔 소리 내어 웃으면서 내가 거짓말을 했고 감쪽같이 속였다고 털어놓고 싶었다.

승리를 거머쥐었지만 박수 쳐주는 사람이 없어서 왠지 조금 울적해졌다. 인문계 고등학교에 진학하려고 괜히 고집을 부렸다고 후회하지는 않았지만 어두컴컴한 지하 보일러실에 앉아 있는 아버지를 떠올릴 때마다 빛이 없는 삶을 살고 있는 사람은 아버지가 아니라 나인 것 같아 아득했다. 이제 아버지는 떠돌이 보일러 배관공이 아니었다. 나는 먼 길을 돌아 M시에서 새로운 가족을 만들어 살고 있는 아버지를 더 이상 걱정할 필요가 없었다.

나는 아버지가 M시에서 새롭게 시작한 삶을 정확히 알지 못했고 아버지는 나의 학교생활을 지레짐작할 따름이었다. 정직하고 성실한 데다 단순한 아버지는 자신이 얼마나 외롭게 살아왔는지 알 리 없었다. 왜소한 체구에 주눅 들 때마다 나는 작고 겁 많은 유전자를 물려준 아버지를 원망했고 벗어나려고 애를 쓸수록 단단하게 연결되어 있음을 확인할 뿐이었다.

한 뼘쯤 열어 놓았던 창문을 닫았다. 교실에서 나와 복도를 가로지르고 계단을 내려가서 중앙 현관까지 왔을 때 아무도 없는 운동장에서 아이들이 질러대는 함성을 들었다. 땀으로 펑 젖은 체육복을 입은 키가 작고 마른 아이가 시근벌떡거리면서 공을 몰아 골대를 향해 힘껏 날렸다. 아이들이 손뼉을 쳤고 골을 날린 아이는 흥분해서 소리를 질러댔다. 나는 손바닥으로 귀를 막고 교문을 나와 집까지 달렸다.

침대에 모로 누워 시속 80킬로미터로 주행하는 전세 버스에 몸을 실었다. 따돌리거나 밀쳐내는 사람이 없었다. 내가 그곳에 없어도 눈치채지 못하는 아이들은 내가 거기 있으리라고 짐작하지 못하는 것 같았다. 나는 누구의 눈에도 띄지 않았다. 학교에서 벗어난 아이들은 한껏 들떠 있었다. 학교 바깥에서 즐거워하는 아이들을 보자 나도 덩달아 기분이 좋아졌다. 버스에서 아이들이 소란을 피워도 앞자리에 앉은 담임선생님은 졸다가 깨다가 할 뿐이었다.

갈아입을 옷가지며 세면도구 등속이 담긴 크고 작은 배낭에 소주와 맥주, 양주, 포커를 넣어 온 아이들이 여럿이었다. 담임선생님이 금지한 물품이지만 아이들은 저녁에 자유시간이 주어지면 숙소 방문을 잠그고 마시면서 놀 계획이었다. 나는 문득 아이들 무리에 섞여 술을 마시고 포커 게임을 하고 싶었다. 빵이나 영이 아니라 이공이라는 성과 이름으로 불리면서 아이들과 함께 놀고 싶었다. 어쩌면 그럴 수 있을지도 모르겠다는 기대를 품고 통로에 서서 노래하는 아이를 따라 흥얼거리는데 갑자기 버스가 위태롭게 흔들리는 바람에 깜짝 놀라 입을 다물었다.

버스는 덜컹거리면서 달렸다. 기사가 음주운전이나 졸음운전을 하고 있는 양 불안하게 이리저리 휘둘리면서 도로를 달려갔다. 안전벨트를 맨 아이들은 몇 되지 않고 잠든 아이는 단 한 사람도 없었다. 나는 멀미가 나서 눈을 감았다. 졸음이 쏟아졌다. 이제 곧 버스가 J시 톨게이트를 통과할 시간이었다. 더는 아이들을 따라갈 수 없었다. 나로 인해 아이들이 불편해지는 것을 원하지 않았다.

침대가 흔들리고 창문이 덜커덕거리는 소리에 놀라 눈을 떴다. 태풍이 몰려올 것처럼 바람이 사납고 요란스럽게 불어댔다. 바닥에 웅크리고 앉아 벽에 걸린 시계를 쳐다보았다. 오후 1시가 막 지나고 있었다. 학교에서 대절한 전세버스 열 대가 차례로 J시에 도착했을 시각이었다. 나는 혼자만의 시간을 즐겨야 했다.

라면을 끓이려고 냄비에 물을 붓고 가스레인지에 얹었다. 물이 끓는 동안 게임을 하려고 휴대전화를 집어 무심코 포털에 접속했는데 J시에 진도 7.7 규모의 강진이 발생했다는 속보가 떠 있었다. 무섭고 해괴한 농담이었다. 나는 아직도 꿈속을 헤매고 있는 나 자신을 꾸짖으면서 손바닥으로 뺨을 세게 쳤다.

휴대전화가 손에서 미끄러져 바닥에 떨어지는 순간 진동을 느꼈다. 나는 주방 바닥에 주저앉아 휴대전화를 집어 들었다. 강진이 발생했다는, 짧고 건조한 한 문장 외에 자세한 기사는 찾을 수 없었다. 나는 얼빠진 얼굴로 방으로 들어와서 텔레비전을 켰다. 방송사마다 뉴스 속보를 진행하고 있었지만 전세 버스 열 대의 행방은 알 길이 없었다. 방송국 스튜디오에서 앵커가 J시 현장에 있다는 기자를 연결하려고 애쓰면서 우왕좌왕할 뿐이었다.

집 안이 매캐한 냄새와 연기로 가득 찼을 때 가스불에 올려놓은 냄비가 생각나서 황급히 주방으로 달려갔다. 새까맣게 그을린 냄비를 손으로 집어 개수대에 던졌다. 달아오른 뜨거운 냄비를 집었던 손이 쓰리고 아파서 수돗물로 씻었지만 손가락은 금세 빨갛게 부풀었다.

나는 아무렇지도 않게 늘어놓았던 거짓말과 거짓말을 포장하기 위해 다시 보탰던 거짓말을 떠올리면서 진저리쳤다. 가슴에 품고 전전긍긍하면서 나 자신에게도 감추려고 했던 나쁜 마음과 음침하고 뒤틀린 감정을 들켜버리기라도 한 듯 얼굴이 홧홧하게 달아올랐다.

다시 방으로 들어와서 텔레비전 앞에 앉았다. 방송국 스튜디오에 있는 앵커의 얼굴을 비추던 카메라가 J시의 도로와 건물, 사람들의 모습을 보여주고 있었다. 지금껏 내가 보았던 익숙하고 단조로운 도로와 건물과 사람들이 아니었다. 나는 도대체 무슨 일이 벌어졌는지 알 수 없어서 답답하고 속이 울렁거렸다. 외딴 섬에 고립된 사람처럼 불안하고 무서웠다. 나로부터 비롯된 불행이 파국으로 치닫지 않기를 기도하면서 텔레비전 화면을 응시했다.

침대에서 이불을 가져와 어깨 위로 둘러썼지만 몸이 떨리고 식은땀이 흘렀다. 나는 똑같은 장면을 비추는 텔레비전 화면에 시선을 고정하고 극심한 추위를 느끼면서 덜덜 떨어댔다. 흔들리며 달리는 버스를 탄 듯 어지럽고 멀미가 났지만 꼼짝할 수 없었다.

해가 저물고 사방이 고요해졌다. 나는 유일한 낙오자로 남아 지독한 모욕을 견디고 있었다.

배가 고팠지만 먹을 수 없었다. 밖으로 뛰어나가 누구라도 붙잡고 물어야 했지만 용기가 나지 않았다. 지진으로 꺼진 땅과 갈라진 도로, 무너져 내린 건물에 깔린 사람들과 부서지고 찌그러진 자동차를 비추던 텔레비전 화면은 다시 방송국 스튜디오로 바뀌었다. 앵커 옆자리에 앉은 검은 양복에 검은 넥타이를 맨 중년 남자가 J시에서 발생한 강진의 규모와 피해의 심각성을 열심히 설명했고 이제 한국은 더 이상 지진으로부터 안전한 나라가 아니라고 법정에서 선고를 내리는 판사처럼 심각한 얼굴로 지껄였다.

한밤중이 되도록 열 대의 전세 버스를 나눠 타고 J시로 단체 여행을 떠난 학생과 교사의 안위를 말해주는 사람은 없었다. 창밖이 조용해서 꿈을 꾸고 있는 듯했다. 나는 꿈에서 깨 J시로 떠난 아이들이 돌아올 때까지 먹고 게임을 하고 빈둥거리다가 잠들 수 있기를 빌었다. 내가 열외된 줄 모르는 아이들이 나흘간의 짧은 여행을 마치고 돌아오면 아무 일 없다는 얼굴로 교실 내 자리로 가서 앉아 있고 싶었다.

날이 밝으면 J시에 구조대가 투입될 예정이고 정부는 인명 구조와 건물, 도로 등 복구를 위한 긴급 대책을 세우고 있다는 앵커의 말을 끝으로 화면은 광고를 내보냈다. 나는 텔레비전 볼륨을 줄이고 방바닥에 놓인 휴대전화를 집었다. 아버지가 보일러실에서 근무를 하는지 집에서 자고 있을지 알 수 없었지만 에멜무지로 휴대전화 단축 버튼을 눌렀다.

통화 연결음이 끊어지고 아버지가 내 이름을 불렀을 때 왈칵 눈물이 쏟아져서 아무 말도 할 수 없었다. 아버지는 잠을 자다가 전화벨 소리를 듣고 깼다고 심상한 목소리로 말했다. 나는 J시에서 발생한 강진으로 수많은 사람이 다치거나 죽고 무너진 다리와 건물 아래 생사를 알 수 없는 사람들이 울부짖고 있다고 아버지에게 말하지 못했다. 아버지는 진동을 느꼈고 저녁 내내 텔레비전을 켜놓고 뉴스를 보았다면서 M시에서 J시까지 300킬로미터 이상 떨어져 있으니까 걱정하지 말라고 감정을 절제한 목소리로 중얼중얼

이야기했다.

나는 단체 여행 무리에서 홀로 빠지려고 이런저런 궁리를 하고 마침내 원하는 결과를 얻어 냈지만 아버지에게 일언반구도 하지 않았다. 단체 여행을 가고 싶지 않아서 거짓말을 했고 아무것도 모르는 아버지 핑계를 댔다고 순순히 자백할 수 없었다. 오늘 아침 아이들을 태운 전세 버스가 3박 4일 일정으로 J시를 향해 출발했는데 아직 목적지에 닿지 않았다고 털어놓을 용기가 나지 않았다.

"공아."

아버지가 내 이름을 불렀다.

"너는 괜찮은 거지?"

아버지는 잠이 완전히 깬 목소리로 물었다.

나는 괜찮다고 대답했다. 진동을 느꼈지만 우리 집에서 J시까지 350킬로미터 이상 떨어져 있어서 아무 일도 없다고 얼렁뚱땅 둘러댔다.

아버지는 걱정하지 말고 어서 자라고 말했고 나는 잠을 깨워서 미안하다고 사과했다. 나는 전화를 끊고 텔레비전을 끄고 침대에 누웠다. 창문 너머로 아무 소리도 들려오지 않았다. 울고 있는 사람은 없었다. 아버지에게 다시 전화를 걸고 싶었다. 나를 걱정하느라 아버지가 뜬눈으로 밤을 보내게 된다고 하더라도 솔직하게 말하고 싶었다. 발목 인대가 끊어졌다고 거짓말하자 진단서를 가져오라고 시큰둥하게 대꾸하는 담임선생님에게 아버지가 사고를 당했고 간호할 사람이 나밖에 없다고 엄청난 거짓말을 보태면서 혼자만의 자유 시간을 즐길 마음으로 의기양양해서 날뛰었던 내가 소름 끼치게 무서웠다. 나는 담임선생님과 반 아이들을 속이고 기만했던 결과가 이토록 엄청날 줄 몰랐다고 아버지에게 솔직히 털어놓아야 했다.

휴대전화를 손에 쥐고 있었지만 전화를 걸 수 없었다. 크게 실망하고 배신감을 느낄 아버지를 감당할 엄두가 나지 않았다. 내 앞에 아버지가 나타난다고 해도 입을 열 수 없었다. 나는 두려움과 막막함으로 갈팡질팡하다가 얼어붙었다. 길고 무서운 밤이 지나가고 아침이 밝아오기를 조급한 마음으로 기다렸다. 끔찍한 꿈에서 깨면 아무 일 없다는 듯이 봄빛이 환한 길을 걷고 싶었다. 말도 안 되는 재난과 사고는 내가 만들어낸 허상이었다. 부끄러움과 죄책감이 불러온 벌이었다.

눈물을 닦고 잠들려고 안간힘을 쓰다가 나는 유적지를 탐방하고 숙소로 돌아온 아이들에게로 향했다. 아이들은 소주와 맥주를 마시면서 포커 게임을 하려고 방문을 잠그고 둘러앉아 있었다. 나는 저녁에 먹은 단체 급식이 형편없었다고 투덜거리면서 집에서 가져온 간식거리를 펼쳐놓고 먹고 마시고 있는 아이들 틈에 끼어 앉았다. 나를 따돌렸던 아이들의 웃음소리가 반가워서 눈물이 나왔다. 열여덟 봄에 혼자 낙오자가 되지 않아 다행이라고 안심하며 길게 숨을 몰아쉬었다.

설핏 잠들었다가 가위에 눌려 식은땀을 흘리면서 눈을 떴다. 어둠과 침묵으로 둘러싸인 방이 무서워서 달아나고 싶었지만 꼼짝할 수 없었다. 다시 잠들면 갈라진 도로 틈으로 빨려 들어가는 꿈을 꿀 것 같아 눈을 감을 수 없었다. 창문 밖이 환하게 밝아올 때까지 나는 억지로 눈을 뜨고 누워서 천장을 바라보았다.

교실에서 혼자 자습해야 하는 둘째 날 아침이었다. 나는 되는 대로 옷을 주워 입고 집을 나왔다. 두 뺨에 닿는 공기의 감촉과 교복 차림의 중고등학생들이 바쁘게 등교하는 모습이 여느 날과 다르지 않은 아침이었다. 내가 다니는 E고등학교는 초등학교 정문 앞으로 왕복 2차선 도로를 사이에 두고 중학교와 나란히 있었다.

교복을 입고 등교해서 혼자 자습해야 했지만 나는 사복 차림으로 유령처럼 횡단보도를 건넜다. 아무도 내 모습을 주의 깊게 살피지 않았다. 단체 여행을 갔어야 할 E고등학교 2학년 학생이 왜 등굣길에 나타나서 어슬렁거리느냐고 따지고 야단치는 사람이 없었다. 나는 교복을 입은 학생들과 함께 교문으로 들어갔다. 등교하는 학생들을 살피고 있어야 할 수위는 어디로 갔는지 보이지 않았다.

나는 학생들 무리에 끼어 기역 자로 꺾어진 건물 안으로 들어갔다. 남자와 여자 어른들이 교장실로 통하는 1층 복도에서 웅성거리고 있었다. 누군가 고함을 쳤고 흐느껴 울고 바닥에 주저앉아 주먹 쥔 손으로 가슴을 때렸다. 고개를 꺾은 교사 몇이 불안한 걸음으로 복도를 오가고 있었다.

우리는 모른다고, 고개를 숙인 교사가 한숨을 내쉬면서 울먹였다. 전세 버스가 J시에 도착했는지 아닌지 알 수 없다고 했다. 버스에 타고 있는 교사들과 전화 통화가 되지 않고 전세 버스 회사에서 운전기사와 연락을 시도하고 있지만 아직 통화가 이루어지지 않았다고 똑같은 말을 되풀이했다. 학교에서 확인한 거라곤 학생들과 교사들이 3박 4일 동안 머물려고 예약했던 유스호스텔이 지진 피해를 입어 붕괴되었다는 사실뿐이었다.

나쁜 꿈이 아니었다. 내가 만들어낸 끔찍하고 허황된 상상이 아니었다. 밤새 나를 괴롭혔던 죄책감이 목을 조였다. 뻔뻔하게 얼굴을 들고 학교에 나타난 내가 수치스러웠다. 나는 죽은 듯 숨어 있어야 했다고 후회하고 자책하면서 얼빠진 얼굴로 서 있었다.

바닥에 주저앉아 울부짖는 여자 어른을 달래던 교사가 복도 끝에 얼어붙은 채 서 있는 나를 흘긋 쳐다보았다. 교사는 나를 손짓해 부르거나 왜 거기에 서 있냐고 묻지 않았다. 허겁지겁 달려온 어른들과 울면서 밖으로 나가는 어른들 역시 그곳에 서 있는 나를 아랑곳하지 않았다.

나는 슬픔과 고통을 함께 나눌 자격이 없었지만 자리를 떠나지 못했다. 누군가 고함을 치면서 뺨을 때려도 할 말이 없었다. 차라리 밀치고 때리고 흔들면서 거짓말하고 속였던 나를 탓하고 욕한다면 견뎌내기가 한결 편할 성싶었다. 수치심을 감추고 뻔뻔하게 모습을 드러낸 나는 가혹하고 무서운 어떤 벌이라도 기꺼이 감수해야 마땅했다.

사람들은 내가 거기 없다는 듯 무심히 지나치고 차갑게 외면했다. 나는 거기에 있으면 안 된다는 규칙을 망각하고 유령처럼 투명 인간처럼 서 있었다. 내가 있어야 할 자리는 학교가 아니라 전세 버스 열 대 중 2학년 1반 학생들을 태운 버스 맨 뒷자리여야 했다. 무너지고 갈라진 땅속이었다. 내 자리는 처참한 주검들 속이었다. 사람들은 내가 스스로 알아채기를 바랐던 것이었다.

나는 무게를 느낄 수 없는 몸을 질질 끌고 집으로 돌아왔다. 울리지 않는 휴대전화를 앞에 놓고 날이 저물 때까지 목석처럼 앉아 있었다. 어둠이 무서웠지만 형광등은 켜지 않았다. 몸을 움직이면 방바닥이 쩍 소리를 내며 갈라질까 봐 두려웠다. 억지로 목소리를 내려고 해도 말이 되어 나오지 않았다. 축축하게 젖은 몸이 떨리고 배가 고팠다. 내가 왜 혼자인지 알 수 없었다.

아버지와 다시 통화하고 싶었다. 누군가 내 이름을 불러주기를 안타깝게 기다렸다. 무심하지만 다정했던 아버지의 목소리를 두 번 다시 들을 수 없을까 봐 겁이 났다. J시에서 길을 잃고 모르는 곳을 헤매고 있을 전세 버스를 떠올리고 싶지 않았다. 나는 울부짖고 아우성치는 소리를 듣지 않으려고 손바닥으로 귀를 막았다가 벌떡 일어나서 방과 거실을 불안하게 오락가락했다.

나쁜 꿈을 꾸고 있었다. 길고 고통스러운 꿈이었다. 휴대전화 벨이 울려 꿈에서 깰 수 있기를 바랐다. 젖은 몸으로 언제까지 어둠의 시간을 견뎌야 하는지 알 수 없었다. 먹지 못한 라면을 생각하자 참을 수 없는 허기가 몰려왔다. 냄비에 물을 담아 가스불에 올리고 물이 끓으면 면을 두 조각으로 잘라 넣고 너무 퍼지지 않게 알맞은 타이밍에 불을 꺼야 했다. 라면이라면 눈을 감고도 끓일 수 있었다. 나는 며칠 동안 장을 보지 않아도 라면이 있으면 먹을거리를 걱정하지 않았다. 언제든 편의점으로 가면 전자레인지에 데운 따듯한 도시락을 먹을 수 있었다. 제육볶음과 계란말이가 반찬으로 담긴 도시락은 엄마가 만들어준 음식처럼 나무랄 데가 없었다. 도시락 하나로 양이 차지 않으면 컵라면이나 우동을 사서 국물까지 남기지 않고 먹었다.

고작 허기진 위를 채우고 싶어 조바심치는 내가 어처구니없어서 쓴웃음이 나왔다. 아이들이 한 명도 빠짐없이 돌아와 교실 각자의 자리에 앉기 전까지 나는 학교에 갈 수 없었다. 살아남아서 벌을 받고 있었다. 아버지가 M시로 떠난 뒤 내내 혼자 지냈던 방이 나를 밀어냈다. 내가 있어야 할 자리가 아니라고 등을 떠밀었다. 나는 어디로 가야 하는지 알지 못했다. 어디로 가서 숨어야 내가 여기에 없고 사라진 아이들과 다를 바 없다고 증명할 수 있을지 알 수 없었다.

텅 빈 방이 어디론가 정신없이 떠밀려 가고 있었다. 참혹하게 부서진 버스 의자 밑에 깔려 있는 몸을 보았다. 찢긴 몸에서 흘러나오는 검붉은 피와 외마디 절규를 들었다.

나는 아버지가 거두는 주검을 보고 황급히 고개를 돌렸다. 눈을 감고 귀를 막았다. 외면한다고 달라지지 않겠지만 차마 볼 수 없었다.

별 아저씨와 달 아주머니

하루 일과를 마치면 달력의 날짜 하나가 지워진다는 심정으로 살았을 뿐 글을 쓰고 싶다거나 써야 한다는 생각은 해본 적이 없다.

공과금 고지서와 신용카드 영수증, 명함, 손톱깎이, 화장품 샘플 따위가 어지럽게 뒤섞여 있는 달 아주머니의 화장대 서랍에서 검은색 모나미 볼펜 하나가 눈에 띄었을 때 나는 무언가를 써보고 싶은 충동을 느꼈다.

방바닥에 굴러다니는 종이를 집어 화장대에 올려놓고 잠깐 머뭇거리다가 글자 하나를 적었다. 공. 내 이름이고 내 이름이 아닌 글자가 얼룩이 진 종이에 분명하게 떠오르자 볼펜을 쥔 손은 내 의지와 상관없이 글자를 불러내기 시작했다.

글쓰기는 누군가에게 말을 해야 하는 상황에 놓여 있을 때와 달리 곤혹스럽지 않았다. 신기하게도 주눅 들지 않고 말을 옮겨 적을 수 있었다. 아무도 들어주지 않는 이야기를 혼자 중얼거리고 싶은 욕망이 글자들을 불러내고 있는 듯했다. 종이 한 장으로 성이 차지 않았다. 긴 글을 쓰고 싶었다. 나는 어느 누구에게도 가닿을 수 없는 말을 끝없이 늘어놓고 싶어서 조바심쳤다. 두 개의 방과 거실 겸 주방, 베란다를 찬찬히 둘러보면서 쓸 만한 종이가 있는지 찾아보았다. 오래 묵은 신문지와 광고 전단지, 껌을 쌌던 종이와 누렇게 색이 바랜 책의 면지라면 백지가 아니라도 글을 쓸 수 있었다.

누군가에게 보여주려고 쓰는 글이 아니었다. 여백이 있다면 무엇이든 상관없었다. 쓰고 버릴 글이었다. 어둠에 묻힐 언어였다. 달의 집에 숨어든 유령의 말을 받아 적을 수 있다면 어떤 것이든 괜찮았다.

나는 화장대 둥근 의자에 앉아 누렇게 색이 바랜 책을 펼친다. 낡은 가구와 고장 난 전자제품, 용도를 알 수 없는 물건들이 뒤죽박죽 아무렇게나 쌓여 있는 작은 방에서 찾아낸 책이다.

"오래전에 …… 세상을 제대로 알아야 한다고 나에게

충고했던 사람이 있었단다.”

달 아주머니는 먼지와 얼룩으로 더러운 책을 살피다가 면지 쪽을 펼쳐놓고 글자를 쓰기 시작하는 나를 빤히 쳐다보면서 말한다.

“그 사람은 공이처럼 글을 썼어. 책을 읽고 글을 썼지. 나는 그 사람이 읽은 책을 구해서 읽었단다. 그 사람의 말에 귀를 기울였지. 그 사람이 하는 말과 행동이 옳다고 생각했어. 그 사람은 내가 전부 틀렸다고 했는데도 말이야.”

기억을 떠올리기 힘겨운지 달 아주머니는 얼굴을 찌푸리고 한숨을 내쉰다.

“그 사람은 말했지. 올바른 신념을 가졌기 때문에 위험을 알면서도 망설이지 않고 뛰어들 용기가 생겼다고 말이야…… 신념이 세상을 바꿀 수 있다고 단언했어. 우리가 살고 있는 세상은 혼돈으로 꽉 차 있는데 정직하고 올바른 생각을 가진 사람들이 나서야만 질서를 찾을 수 있다고 주장했어.”

달 아주머니는 힘없는 목소리로 중얼거린다.

나는 회한에 잠긴 달 아주머니가 크고 무거운 몸을 침대에 부려놓고 어디론가 훌쩍 떠나버리기라도 할까 봐 긴장한다.

“많이 소유한 사람은 세상을, 사람을 진정으로 사랑할 수 없다고 했던 그 사람의 말을 나는 오랫동안 곱씹었지.

내가 노력 없이 얻은 물질에 대해 생각했어. 공평하지 않게 받았던 혜택을 말이야. 그 사람이 썼던 끔찍하게 날카로웠던 문장을 지금도 기억한단다. 내 몸을 아프게 찔렀던 그 사람의 문장을 어떻게 잊을 수 있었겠니?"

달 아주머니는 손바닥으로 얼굴을 가리고 신음한다. 초등학생 무리에 둘러싸여 있는 달 아주머니를 보았을 때처럼 나는 불안해진다. 쓸데없이 글을 쓰겠다고 종이와 낡은 책을 끄집어내면서 소란을 피운 내가 한심해서 머리카락을 쥐어뜯고 싶은 심정이다.

"공이는 어떤 글을 쓰고 있니?"

달 아주머니가 묻고 나는 입을 다문다. 먹을거리를 나누고 잠자리를 나누고 침묵을 함께 했지만 볼펜을 쥐고 무엇을 쓰고 있는지 솔직하게 말하기 어렵다.

거짓 없이 털어놓으면 나는 쓸 수 없다. 중얼거림을 멈추고 입을 다물어야 한다. 함께 먹고 잠들었지만 나와 달 아주머니 사이에는 뛰어넘을 수 없는 간극이 존재한다.

"나는 그 책을 ……."

내가 면지에 글을 쓰고 있는 낡은 책을 눈으로 가리키면서 달 아주머니가 말한다. 나는 누렇게 색이 바랜 책 표지에 박힌 제목을 흘긋 본다.

『노동자의 철학』

한 번도 들어본 적 없는 낯설고 이상한 제목의 책이다. 노동자와 철학이라는 어울리지 않는 단어의 조합은 물과 기름처럼 서로 다른 성질을 도드라지게 만든다.

"…… 별 씨에게 읽어주었어. 내가 책을 읽기 시작하면 별 씨는 금세 잠들었거든. 그래서 언제나 첫 장을 반복해서 읽어야 했단다. 별 씨는 늘 지치고 피곤했으니까."

코를 골며 자고 있는 별 아저씨를 바라보면서 달 아주머니는 단호하고 냉정하게 따지고 힐난했던 그 사람의 말을 자주 떠올렸다고 한다. 별 아저씨와 나란히 누워 있는 자리로 불쑥 파고드는 그 사람의 거침없는 행동에 놀라 비명을 지를 뻔했다고 고백한다. 그 사람은 피할 수 없는 침입자였다. 달아나려고 할수록 끈질기게 파고드는 자기 연민 같았다. 달 아주머니는 한 권의 책을 별 아저씨에게 전부 읽어주고 나면 침입자로부터 놓여날 수 있을지도 모른다고 생각하면서 스스로를 다독이는 수밖에 없었다.

"그 사람은 내가 틀렸다고 단정 지어 말했지만 잘못 알았던 거야. 나는 별 씨를 사랑했고 지금도 변함없이 사랑하고 있으니까."

세상은 쉽게 달라지지 않았지만 달 아주머니의 삶은 전과 같지 않았다. 먹는 음식이 달라졌고 잠자리가 바뀌었다. 애면글면하지 않아도 넘칠 만큼 풍족했던 물질들을 기꺼이 버리고 포기했다. 달 아주머니는 더 이상 그 사람이 비난하고 혐오했던 계급에 속하지 않았다. 탐욕스럽게 노동자를 착취하며 기생하는 유산계급이 아니었다.

"이따금 그 사람이 궁금했어. 아직 오지 않은 세상을 위해서 한결같은 신념으로 애쓰고 있을 거라고 막연히 짐작만 하고 있었지. 그 사람이 나를 비난하거나 조롱할 수 없을 거라고 생각하니까 마음이 놓였어. 나는 세상보다 나를 먼저 변화시키고 싶었고 누가 보더라도 확연히 달라졌으니까."

별 아저씨와 결혼하고 십수 년이 지나도록 달 아주머니는 그 사람의 소식을 듣지 못했다. 대학생 연합 시위를 주도하고 수배를 당하고 경찰에 검거되어 감옥에 갔던 그 사람이 어느 날 텔레비전 뉴스에 나왔을 때 달 아주머니는 두 눈으로 보고 있으면서도 믿을 수 없었다.

"우스꽝스러운 농담 같았어. 깜짝 놀라게 하려고 장난을 치는 거라고 착각할 뻔했어. 그럴 리 없지만 말이야. 농담 따위는 절대 하지 않을 사람이었거든."

그 사람은 반듯하게 넥타이를 매고 감색 양복을 차려입은 모습이었다. 노동자 계급의 삶을 흠모하고 그들이 세계의 주인이라고 확신에 찬 목소리로 외쳤던 그 사람은 달 아주머니가 다녔던 대학뿐 아니라 연합 시위 현장에서 영웅 같은 존재였다. 달 아주머니는 그 사람이 왜 노동 현장이 아니라 양복 윗도리에 국회의원 배지를 달고 조금쯤 피곤해 보이는 얼굴로 거기에 앉아 있는지 알 도리가 없었다.

4년 후 재선 국회의원으로 당선되어 정당의 대변인으로 활약했던 그 사람은 자주 텔레비전 뉴스에 나왔고 신문과 잡지에도 얼굴을 내밀었다. 텔레비전 뉴스에서 다시 그 사람을 보았던 날, 달 아주머니는 거울 앞으로 가서 둥그러진 얼굴과 터질 듯 팽팽하게 살이 오른 몸을 뚫어져라 바라보았다.

"믿을 수 없었어. 내 몸처럼 확연히 달라진 그 사람의 모습을 어떻게 받아들여야 할지 몰라서 어리둥절하고 혼란스러웠지."

별 아저씨를 사랑하면서 나이를 먹었던 달 아주머니는 체중계가 감당할 수 없을 만큼 살이 쪘고 브레이크가 고장 난 자동차처럼 통제 불능 상태에 도달했다. 올바른 신념이 세상을 바꿀 수 있다고 했던 그 사람의 말을 곱씹으면서 달 아주머니는 나날이 살이 쪄가고 있는 자신의 몸을 바라보았다. 2선 국회의원인 그 사람은 달 아주머니를 볼 수 없었다. 달 아주머니를 기억하지 못할 수도 있었다. 달 아주머니는 영웅으로 추앙받았던 그 사람을 추종했던 수많은 학생들 중 하나일 뿐이었다.

달 아주머니는 노동자와 결혼하고 깜짝 놀랄 만큼 달라져 버린 자신의 모습을 그 사람에게 보여줄 수 없어서 안타까웠다. 대학 신입생 시절 미인대회 예선에 뽑혔던 달 아주머니를 향해 쓴웃음을 짓고 멸시의 말을 쏟아냈던 그 사람이 눈앞에 나타난다면 어떤 표정으로 무슨 말을 할지 궁금했다. 어쩌면 그 사람은 대책 없이 살이 찐 달 아주머니를 혐오할 수도 있었다. 금배지를 단 그 사람을 보고 망연자실했던 달 아주머니처럼 노동자를 사랑하기 위해 악착같이 살을 찌운 어리석은 여자라고 손가락질하고 비웃을지도 몰랐다.

"그 사람을 만나지 않았다면 나는 아마 미인대회 본선에 나갔을 거야. 내 아버지의 바람이었으니까. 아버지는 내가 아이였을 때부터 미인대회에 나가라고 노래를 불렀어. 미인대회에 출전하면 틀림없이 왕관을 차지하게 될 거라고 확신했었거든."

나는 볼펜을 내려놓고 달 아주머니의 곁으로 다가간다. 배가 고프냐고 묻자 달 아주머니는 라면이 먹고 싶다고 대답한다.

오래전의 시간을 더듬다가 상념에 빠져 기진맥진해버린 달 아주머니를 얼른 제자리로 돌려놓으려고 나는 주방으로 가서 냄비에 수돗물을 받아 가스불에 올린다.

찬장에서 라면 세 개를 꺼내고 봉지를 뜯는데 갑자기 주방 싱크대가 흔들거린다. 나는 깜짝 놀라 바닥에 주저앉아 고개를 숙인다. 아찔한 죽음의 공포가 기습적으로 내 몸을 덮친다. 달아날 수 없다고 협박하고 소리치면서 목을 조여 온다.

나는 한순간이면 끝장날 거라고 위협하면서 달려드는 죽음에 맞서지 못한다. 달 아주머니를 소리쳐 부르고 싶지만 입이 벌어지지 않는다. 가슴이 답답하고 숨이 막힌다. 물이 졸아 냄비가 타버릴까 걱정이 되고 무서운데도 손가락 하나 까딱할 수 없다.

땅이 갈라지고 건물이 무너져 내리면서 커다란 콘크리트 덩어리가 내 머리를 찍어 누른다. 외마디 비명을 내지를 틈도 없이 나는 땅속 깊은 곳으로 굴러떨어진다. 무너져 내린 건물의 잔해가 내 주검을 감추고 덮는다.

"공아 ……."

먼 곳에서 나를 부르는 소리가 들려온다.

"일어나라, 공아."

달 아주머니는 무겁게 가라앉은 목소리로 일어나라고 재촉한다.

나는 눈을 뜨고 힘겹게 고개를 들어 올린다. 근심이 가득한 얼굴로 투실투실한 두 손을 내밀고 서 있는 달 아주머니의 육중한 몸을 바라보다가 땀으로 펑 젖은 몸을 억지로 일으켜 세운다.

금방이라도 부서질 듯 덜컹거렸던 싱크대는 아무 일도 없었다는 듯이 멀쩡하게 붙박여 있다. 나는 터져 나오려는 울음을 참고 비틀거리면서 식탁 의자에 앉는다. 달 아주머니는 수돗물을 받아 물이 졸아든 냄비에 붓는다. 근심으로 어둡게 그늘이 진 얼굴로 굼뜨게 몸을 움직이면서 나를 대신해 라면을 끓이려고 온 힘을 기울인다. 나는 주린 배를 채우려고 안간힘을 쓰는 달 아주머니가 가여워서 고개를 들고 있을 수 없다. 도움을 주기는커녕 시시때때로 망상에 빠져들어 허우적거리는 내 꼴이 부끄러워서 어디론가 도망치고 싶다.

쓸모없는 나를 견디고 참아내느라 달 아주머니가 얼마만큼 힘겨워하는지 짐작할 수 있다. 달 아주머니는 아무 말도 하지 않는다. 주방에서 무거운 몸을 꼼지락거리면서 라면을 끓이게 만들었다고 나를 탓하거나 불평을 늘어놓지 않는다. 물이 끓자 면과 스프를 넣고 냄비 뚜껑을 덮었다가 가스불을 끄고 그릇에 덜어내는 느릿느릿하고 답답한 동작을 지켜보다가 나는 불쑥 치밀어 오르는 욕지기를 참지 못하고 얼굴을 붉힌다.

달 아주머니는 땀을 뚝뚝 흘리면서 라면을 먹는다. 내가 달의 집에 처음 왔던 날처럼 먹으라는 말도 없이 내내 굶었던 사람처럼 허겁지겁 젓가락으로 면을 건져 올려 입에 쑤셔 넣는다. 30년 동안 먹는 일에만 충실했기 때문에 이제 먹지 않아도 좋지 않겠느냐고 했던 달 아주머니의 말을 떠올리면서 나는 구역질을 삼킨다. 나는 젊은 시절 미인대회에 나갈 만큼 날씬하고 아름다웠다고 했던 달 아주머니의 말이 거짓이거나 터무니없는 상상일 거라고 넘겨짚는다. 황당한 거짓말일 게 뻔하다. 나를 견뎌내느라 괴롭고 지쳐서 꾸며낸 허황된 이야기가 분명하다.

나는 한 번도 사람을 때린 적이 없지만 흘러내리는 땀을 닦을 생각조차 하지 않고 라면을 먹고 있는 달 아주머니의 투실투실한 얼굴과 겹겹이 접힌 턱살과 목을 향해 주먹을 날리고 싶은 충동을 느끼고 괴로워한다.

"왜 먹지 않니?"

달 아주머니가 젓가락을 내려놓고 나를 빤히 쳐다본다.

나는 황급히 젓가락을 집어 들고 그릇에 담긴 면을 건져 올린다. 속마음을 들킬까 봐 당황해서 고개를 숙인다.

"공이는 아직도 무서운가 보구나. 걱정하지 마라. 여기는 안전하니까. 아무도 공이가 이곳에 숨어 있는 줄 모를 거야."

달 아주머니의 말이 옳다. 달 아주머니에게 혐오감을 느끼고 폭력을 가하고 싶은 충동에 사로잡혔던 내가 부끄러워서 얼굴이 화끈화끈하게 달아오른다. 공포가 덮치는 순간 달 아주머니의 품에서 죽게 해달라고 간절하게 빌었던 마음을 한순간에 잊어버린 아둔하고 뻔뻔한 나를 책망하면서 입술을 깨문다.

"공이가 찾아와줘서 다행이야."

달 아주머니는 면이 붇기 전에 어서 먹으라고 다정하게 말한다. 국물까지 깨끗하게 먹어 치운 그릇을 앞에 두고 자리를 떠나지 않는다. 내가 허둥지둥 라면을 먹고 젓가락을 내려놓자 달 아주머니는 두 손바닥으로 식탁 모서리를 짚고 일어나서 천천히 방으로 걸어 들어간다.

숨어 있으라고 말해준 사람은 아버지였다. 학교에 가면 위험하다고 아버지는 떨리는 목소리로 말했다. 한 학급의

인원이 40명 안팎인 2학년 교실마다 교탁과 책상 위에 빠짐없이 놓여 있는 흰 국화꽃을 바라보면서 나는 아버지의 말을 곱씹었다. 아버지는 나에게 닥친 위험을 정확하게 간파했다.

왼쪽으로 고개를 돌리면 운동장 뒤편으로 축구 골대가 보이는 창가 내 자리에 놓인 흰 국화꽃을 본 순간 나는 놀라서 뒷걸음질 쳤다. 대부분의 아이들이 작다고 투덜거렸던 책상과 의자였다. 확실히 고등학생 아이들의 체구에 비해 형편없이 작은 책걸상이었다. 흰 꽃은 혼자만 불편을 느끼지 못한다는 생각으로 부끄러워하고 주눅이 들었던 나를 빼놓지 않고 서른아홉 개 책상 위에 공평하게 놓여 있었다.

내가 생존자라는 무서운 비밀을 알아챈 아버지는 당황하고 두려워했다. 끔찍한 재난을 피했지만 셀 수 없이 반복되는 여진 틈에서 내가 사고에 휩쓸릴지도 모른다고 걱정하면서 전전긍긍했다.

아버지는 내가 살아 있다는 사실을 아무에게도 알리지 말아야 한다고 충고했다.

“숨어 있거라. 너는 없는 사람이다. 그렇게 생각하고 절대 집 밖으로 나와서는 안 돼.”

내가 집 밖으로 나가지 않으면 사람들은 유일한 생존자의 존재를 알 수 없을 거라고 아버지는 단언했다. 누구도 나를 해치지 못할 거라고 확신했다. 살아남았다고 비난하는 사람들의 눈에 띄는 치명적인 실수를 해서는 안 된다고 설득했고 다짐을 받아내려고 애썼다. 아버지는 두려워서 떨었고 죽지 않은 자식 때문에 당황하고 혼란스러워했다.

비겁하게 살아남았다고 아버지는 나를 탓하지 않았다. 밤이 되면, 아이들이 게임을 하면서 웃고 떠드는 곳으로 내가 찾아갈 거라고 짐작도 하지 못했다. 돌아오지 않는 아이들을 기다리면서 온종일 흐느껴 우는 줄 몰랐다. 아버지는 내가 아이들과 함께 전세 버스에 타지 않은 까닭이 무엇인지 따져 묻지 않았다.

주검이 발견되지 않은 사람들은 사망자 명단에 오르지 못했다. 무너지고 갈라진 땅속에 산 채로 파묻혔거나 주검이 되어 사방으로 흩어져버린 수많은 사람들에게 구조의 손길은 닿지 않았다. 산 자와 죽은 자 모두 이름 없는 실종자가 되어 떠돌아야 했다.

나는 죽지 않았지만 생존자가 될 수 없었다. 아버지는 그래야 한다고 말했다. 선택의 여지가 없었다.

달 아주머니가 침대에 누워 나를 손짓해 부른다. 치워야 할 그릇들이 식탁에 널려 있지만 나는 순순히 달 아주머니 곁으로 간다. 불안한 감정을 떨쳐내려면 달 아주머니의 몸에 바짝 붙어서 한시도 떨어지지 말아야 한다.

"눈을 감고 편히 잠들어라."

달 아주머니는 주문을 외듯 속삭인다.

밤이든 낮이든 잠들 수 있다. 달의 집에서 나는 죽은 듯이 잠에 빠져야 한다.

"…… 별 씨처럼."

달 아주머니는 눈을 감고 입을 다문다.

별 아저씨는 실종자였다. 자동차 부품이 가득 실린 4.5톤 화물차와 함께 증발했다. 별 아저씨의 화물차는 갈라지고 꺼진 땅속으로 사라졌거나 공중으로 솟구쳐 올랐다가 먼 곳으로 날아갔을지도 모른다.

자동차 부품을 조립하고 가구를 만들고 가죽옷을 염색했던 별 아저씨는 은행에 저축해 놓은 돈을 찾고 대출을 받아 4.5톤 중고 화물차를 사들였다. 수십 년 동안 노동자로 살았던 별 아저씨는 1인 사업자가 되었고 퇴근 시간이 정해져 있지 않은 도로 위의 생활을 시작했다.

크고 위압적인 힘을 가진 화물차 운전석에 앉아 있는

별 아저씨의 모습을 떠올릴 때마다 나도 모르게 몸이 움츠러든다. 나는 별 아저씨가 4.5톤 화물차를 선택한 까닭이 압도적인 크기와 힘 때문일 거라고 짐작한다. 별 아저씨의 화물차가 부럽고 자랑스럽다. 몸집이 작다고 별 아저씨를 내치거나 따돌리지 않은 화물차가 믿음직스럽고 고마웠다.

별 아저씨는 세면도구와 갈아입은 속옷, 여벌의 옷가지와 일회용 믹스커피가 담긴 가방을 조수석 밑에 쑤셔 넣고 새벽부터 밤늦은 시간까지 고속도로를 달렸다. 대중가요가 나오는 라디오 방송에 채널을 고정하고 노래를 따라 부르거나 중얼중얼 혼잣말을 했다. 고속도로를 달리면서 노래를 듣고 따라 부르고 혼잣말을 한다고 간섭하는 사람이 없어서 자유롭고 홀가분했다. 휴게소가 나타나면 별 아저씨는 밥을 사 먹고 커피를 마시면서 연달아 담배를 피우고 땀에 젖은 속옷을 갈아입으면서 달려야 할 거리와 도착할 시간을 가늠했다.

실어 온 물건을 하적하고 날이 저물면 화물차에서 쪽잠을 잤다. 운전석과 화물칸 사이에 별 아저씨의 작은 몸을 눕힐 수 있는 아늑한 공간이 있었다. 별 아저씨는 그곳에서 날이 밝아올 때까지 꿈도 꾸지 않고 잠들었다. 딴생각을 할 수 없을 만큼 고단해서 몸을 누이면 곧장 곯아떨어졌다.

별 아저씨의 수면 시간은 불규칙했다. 밤의 고속도로를 달릴 때면 쏟아지는 졸음과 싸워야 했다. 달 아주머니는 별 아저씨가 집으로 돌아올 때까지 결코 먼저 전화를 걸지 않았다. 시간에 쫓기는 별 아저씨가 걸려온 전화를 받다가 사고라도 당할까 봐 급한 일이 생겨도 전화를 하지 않았다.

한밤중에 걸려온 전화를 받으면 별 아저씨가 아주 먼 나라에 가 있는 듯해서 아득한 느낌이 들었다고 달 아주머니가 말했을 때 나는 지하 보일러실에 우두커니 앉아 아들을 걱정하고 있을 아버지에게 달려가고 싶었다.

"내가 모르는 나라에 가 있는 것 같았어. 내가 갈 수 없는 나라말이야."

달 아주머니는 별 아저씨가 집으로 돌아오는 토요일 새벽까지 불안한 마음을 떨치지 못했다. 별 아저씨와 함께 살기 위해 욕심껏 살을 찌웠던 달 아주머니는 한시도 불안에서 놓여날 수 없는 운명이었다.

졸음을 참으면서 고속도로를 달리는 일이 공장에 비해 나쁘지는 않다고 별 아저씨는 말했다. 화물차 비좁은 자리에 누워 움츠리고 잠이 들 때마다 달 아주머니의 둥근 몸을 생각한다고 했다. 별 아저씨는 달 아주머니가 불쑥 떠나버릴까 봐 두려워했던 마음을 훌훌 떨쳐버렸다. 이제 달아날 엄두조차 낼 수 없을 만큼 무겁게 둥글어진 달 아주머니는 하늘에 뜬 보름달과 달리 이지러질 염려가 없었다. 나는 어느 날 자신이 종적도 없이 사라지고 달 아주머니가 한정 없는 기다림의 시간을 견디게 될 거라고 짐작도 하지 못했을 별 아저씨가 안타까웠다.

고속도로를 달릴 때 별 아저씨는 행복했다. 크고 튼튼하고 아름다운 화물차와 함께라면 평생을 달릴 수 있을 것 같았다. 화물차 높은 운전석에 앉아 핸들을 잡으면 두려움이 사라졌다. 세상은 둥글게 이어져 있었다. 단순하지만 명쾌한 사실이 통쾌했다. 분명하고 확연하게 보이는 길을 달려 세상 끝에 도달할 수 있을 거라고 자신할 때면 별 아저씨는 가슴이 뻐근해졌다. 아무리 먼 곳으로 달려가더라도 별 아저씨는 언제나 다시 달 아주머니에게로 돌아갈 준비가 되어 있었다.

가속 페달에 올려놓은 오른발에 힘을 주면서 미소 짓는 별 아저씨의 모습이 번개처럼 내 머릿속을 스치고 지나간다. 별 아저씨는 아무도 모르는 곳에 숨어 있는 것이 분명하다. 사망자도 생존자도 될 수 없는 별 아저씨가 이 세상 어딘가에 숨어 있다고 확신하자 가슴이 뛴다. 숨어 있는 사람은 나 혼자가 아니다. 달 아주머니가 별 아저씨의 빈자리에 흰 꽃을 가져다 놓지 않아서 천만다행이다.

나는 어느 날 불쑥 4.5톤 화물차를 몰고 달의 집으로 돌아올 별 아저씨를 기다려야 한다. 별 아저씨의 귀환은 달 아주머니뿐만 아니라 나의 바람이기도 하다. 별 아저씨는 내가 어디로 가야 하는지 분명하게 알고 있다. 그 말을 해줄 수 있는 사람은 별 아저씨 한 사람뿐이다.

창밖이 어두워졌는데도 앞니 빠진 여자는 재활용 쓰레기통 주변을 떠나지 않는다. 나는 쥐새끼 같은 파수꾼 여자를 조심해야 한다. 여자는 나와 달 아주머니의 일거수일투족을 감시하고 있다. 고작 폐지와 빈 병 따위를 가져가려고 온종일 거기에 있을 리 없다.

여자가 바보 같은 표정을 짓고 안녕하냐고 묻는 사내아이에게 호통을 치고 고물 유모차를 끌고 폐지를 주우러 다니는 늙은 여자와 드잡이하는 까닭은 오가는 사람들의 시선이 달의 집에 쏠리기를 바라서일 것이다. 나는 짧고 굵은 목을 이쪽저쪽으로 불안하게 움직이면서 주위를 두리번거리는, 앞머리가 되는 대로 잘린 넓적한 여자의 얼굴을 떠올리면서 진저리친다. 여자가 분명한 목적을 가지고 그곳을 지키고 있다고 생각하자 몸을 움직여서 창가 쪽으로 다가가기조차 겁이 난다.

여자는 내가 버린 쓰레기에서 종이 쪼가리 하나라도 단서가 될 만한 것을 놓칠 리 없다. 달 아주머니의 화장대에 널린 책과 신문지와 백지를 아무도 볼 수 없는 곳에 숨겨야 한다. 달의 집에 숨어든 나를 찾아낼 수 있는 결정적인 증거를 허투루 두어서는 안 된다.

나는 책과 신문지와 백지를 되는 대로 집어 들고 숨겨놓을 장소를 찾으려고 두리번거린다. 여자는 치킨이며 피자, 짜장면을 배달하는 사람을 따라 불쑥 달의 집으로 쳐들어올지도 모른다. 달의 집은 안전하지 않다. 살지도 죽지도 않은 내가 안전하게 숨어 있을 자리는 세상 어디에도 없다.

책과 신문지와 백지를 검은색 비닐봉지 하나에 쑤셔 담고 주방으로 간다. 접시며 플라스틱 반찬통이 어수선하게 쌓여 있는 찬장 구석진 자리에 비닐봉지에 담은 것을 처박아놓고 찬장 서랍을 차례차례 열어본다. 일회용 나무젓가락과 빨대, 광고 전단지가 수북한 서랍에 붉은 노끈 뭉치가 눈에 띈다. 노끈을 손으로 만지는 순간 나는 목을 조르고 싶은 강렬한 충동에 사로잡힌다.

칼처럼 날카롭지 않아도 단박에 숨을 끊어놓을 수 있는 도구는 얼마든지 있다. 나를 위해 준비된 노끈이다. 내 모습을 완벽하게 숨길 수 있는 방법은 죽음뿐이다. 바보같이 또 하루의 시간을 소비했다. 죽음은 피할 수 없다. 도망치지 못한다. 평생 죽음에 쫓기며 사느니 죽음 속으로 들어가는 편이 낫다.

나는 엉킨 노끈 뭉치를 풀어 목에 친친 둘러 감고 양쪽 끝자락을 힘껏 잡아당긴다. 신음이 터진다. 싱크대가 덜컹거리고 유리그릇들이 요란하게 흔들리면서 우르르 바닥으로 쏟아진다. 두 발을 딛고 선 주방 바닥이 쩍 소리를 내면서 두 쪽 세 쪽으로 갈라진다. 낡고 오래된 다세대 주택 건물은 맥없이 붕괴되어 주저앉는다. 나는 손에 쥔 노끈을 놓치지 않으려고 안간힘을 쓰다가 우물처럼 깊게 팬 땅속으로 고꾸라진다.

내 몸이 떨어진 곳은 물속이다. 어두운 물속이다.

차가운 물에 진저리치며 떠다닌다. 거센 물살에 부서지고 갈라진 채 둥둥 떠밀려 간다. 나는 따듯한 빛이 쏟아지는 단단한 땅에 닿기를 염원하면서 하릴없이 떠돈다.

"공이는 날마다 땅이 흔들리는 꿈을 꾸는 거니?"

달 아주머니가 묻는다. 나는 두 손으로 목을 감싸고 돌아눕는다. 내가 왜 달 아주머니의 침대에 누워 있는지 알 수 없다. 물속은 아니지만 안심이 되지 않는다. 나는 겹겹으로 둘러싸인 악몽에서 깨어나고 싶다.

"땅이 흔들릴 때 눈을 감으면 안 돼, 공아."

달 아주머니가 말한다. 나는 대답하지 않는다. 번번이 실패를 맛보았지만 단념할 수 없다. 눈을 질끈 감는다고 해서 피할 수 있는 일이 아니다. 죽음은 나와 힘겨루기를 하고 있다. 나를 따돌리면서 유혹한다.

"별 씨가 찾아오면 공이는 돌아갈 준비를 해야 해."

나는 별 아저씨가 오지 않을 거라고 차마 말하지 못한다. 어리석고 무지한 달 아주머니는 눈에 보이는 대로 믿는 순진한 사람이다.

사라진 사람은 죽은 뒤라야 돌아올 수 있다. 달의 집에 숨어 있는 나는 돌아가서 사망자 명단에 이름을 올릴 수 없다. 나는 죽어야 할 때를 놓치고 도돌이표처럼 죽음을 시도할 뿐이다.

숨어 있으라고 했던 아버지의 말을 떠올리면서 나는 진저리친다. 아버지가 그렇게 말하지 않았어도 나는 숨을 자리를 찾아다녔을 것이다. 나는 죽지 않았지만 삶이 멈췄다. 발을 딛고 설 땅이 사라졌다.

은밀하게 아프지 않게 죽고 싶다. 바라는 것은 죽음뿐이다.

나는 죽음이 두려워서 울고 거듭 죽음을 시도할 수밖에 없는 내가 무서워서 흐느낀다. 달 아주머니의 젖무덤에 얼굴을 묻고 있어도 공포는 사라지지 않는다.

무리에 끼지 않고 고집스럽게 혼자 남으려고 했던 나는 어리석고 무모했다. 아이들과 함께 여행을 떠나지 않은 나는 생존자가 될 수 없다.

텔레비전 뉴스에서 부서지고 찌그러져 고철 덩어리로 변해버린 버스를 보았다. 주저앉은 건물과 울부짖는 사람들을 보았다. 내가 본 버스와 사람들이 J시로 달려갔던 전세 버스와 거기에 탄 학생들이었는지 알 수 없었다.

재난지역으로 선포된 J시로 갈 수 있는 사람은 구조대와 공무원들뿐이었다. 무너진 건물과 갈라진 땅속 어딘가에서 수많은 사람들이 죽었거나 죽어가고 있는 도시는 폐쇄되었다. 정부는 끔찍한 사고를 당한 사람들을 구조하고 지진으로 붕괴된 J시를 복구하기 위해서 달려온 타 지역 사람들과 외국의 구호 인력을 거부했다.

구조와 복구에 최선을 다하겠다고 약속했지만 정부는 발 빠르게 정보를 차단했다. 사망자 명단에 이름이 올라온 주검들이 외지에 살고 있는 가족들에게 인계되기까지 긴 시간과 까다로운 절차가 필요했다.

나는 여진으로 땅이 흔들릴 때마다 조금 더 깊이 지하로 빨려 들어가는 주검들을 떠올리면서 몸서리쳤다. 거대한 물기둥과 함께 모래와 자갈이 땅 위로 솟구쳐 올랐다. 물기둥이 올라왔던 자리마다 커다란 구멍이 생기고 단단했던 땅은 늪으로 변했다. 모내기를 마친 논과 작물이 심긴 밭, 자동차가 달리던 도로, 육중한 건물이 서 있던 땅은 흥건히 젖어서 말랑말랑해졌다. 끊임없이 물이 차올랐다. 사람들이 두 발로 딛고 섰던 자리마다 더러운 물이 쿨렁거리며 차올랐다. 땅에 파묻힌 주검들은 젖은 채로 어디론가 떠밀려 갔다.

나는 물속을 떠도는 주검들을 따라 바다로 흘러 들어간다. 바닷물은 차갑고 물결은 사납게 요동친다. 나는 죽었기 때문에 추위와 공포를 느끼지 않아도 된다고 생각하지만 두려움을 떨치지 못한다. 광포한 바다는 금세 캄캄해진다. 싸늘한 바닷물이 내 주검을 삼킨다.

배달 음식이 지겨워서 쌀을 씻어 전기밥솥에 안치고 냉장고를 뒤진다. 달 아주머니는 콩나물국과 두부 부침이 먹고 싶다고 했지만 냉장고 채소 칸에는 시들어버린 대파 한쪽과 물컹한 양파 두 개가 전부다.

김치가 담긴 커다란 플라스틱 통을 꺼내 뚜껑을 연다.

시어빠진 배추김치 위로 더껑이가 두껍게 앉아 있다. 나는 김치 신 내가 악취처럼 풍기는 통 안으로 손을 집어넣고 더껑이가 덜 낀 배추김치 한쪽을 꺼낸다. 흐르는 물에 헹군 배추김치를 냄비에 담아 물을 붓고 가스불에 얹는다. 김칫국이든 찌개든 뭐든 만들어볼 작정이다.

엄마가 집을 떠난 뒤 아버지는 장을 봐서 반찬을 만들고 밥을 차려 주었지만 김치는 담가 먹을 엄두를 내지 못했다. 아버지는 마트에서 주기적으로 배추김치와 파김치, 총각무김치를 사 왔다. 우리는 마트에서 파는 김치 맛에 금세 적응했다. 아버지가 집을 떠난 뒤에도 나는 먹는 일로 특별히 곤란은 겪지 않았다. 마트는 언제나 풍요로운 모습으로 반겨주었다. 좀처럼 맛의 변화가 없는 마트 김치와 편의점 도시락은 묵묵히 내 곁을 지켜주는 든든한 친구 같았다.

물이 끓어오르면서 김치 군내가 좁은 주방과 거실을 꽉 채운다. 등교하는 아이들로 창밖이 시끄러운데도 달 아주머니는 깊이 잠들어 있다. 나는 냄비에서 끓고 있는 배추김치를 건져 주방용 가위로 듬성듬성 자른다. 돼지고기는커녕 마땅한 채소조차 없어서 결국 볼품없는 김칫국이 되었다.

파수꾼 여자 때문에 편의점에 가지 못한다. 문밖이 벼랑인 까닭은 여자가 지키고 있기 때문이다. 달의 집 냉장고가

텅텅 비었지만 밖으로 나갈 수 없다. 하루가 다르게 체중이 늘어서 화장실을 오가는 것조차 힘겨워하는 달 아주머니를 위해 콩나물을 무치고 두부를 부쳐 밥을 차려주고 싶지만 깨끗하게 단념해 버린다.

달 아주머니는 치킨이며 피자, 탕수육, 짜장면, 족발, 보쌈, 만두 같은 배달 음식이 물린다고 짜증을 내지 않는다. 저녁 늦게 먹다가 남겨놓은 족발과 피자를 데워 아침으로 먹어도 투정을 부리지 않는다. 먹을 수만 있다면 달 아주머니는 어떤 음식이든 군말 없이 씹어 삼키고 재빨리 소화시킨다.

나는 전자레인지에 넣고 데우면 갓 지은 듯 따듯해지는 밥과 서너 가지 반찬이 들어 있는 편의점 도시락 맛을 떠올리면서 군침을 삼킨다. 하루 24시간 언제든 같은 자리에 놓여 있는 편의점 도시락을 이제 나는 먹을 수 없다.

전기밥솥에서 김이 올라온다. 가스불을 줄이고 어제 먹다가 남겨둔 족발과 치킨을 전자레인지에 데운다. 일회용 용기에 담긴 절인 무, 뜨겁게 데워진 족발과 치킨을 식탁에 놓고 밥과 김칫국을 그릇에 퍼 담는다.

나는 황후에게 대접할 밥상을 차려놓은 양 만족스럽게 미소 짓는다. 별 아저씨가 돌아올 때까지 기꺼이 하루에 몇 번이라도 달 아주머니를 위해 밥을 차릴 수 있다. 달 아주머니가 지금보다 더 살이 찐다고 해도 걱정할 일이 아니다. 가속도가 붙어 지금보다 두 배 세 배로 체중이 는다고 해도 불편을 느낄 사람이 없다. 두 개의 방과 주방, 거실이 달 아주머니의 몸으로 꽉 차버려도 나는 괜찮다.

손바닥으로 얼굴을 쓰다듬자 달 아주머니는 살며시 눈을 뜬다. 먼 길을 떠났다가 집으로 돌아온 사람처럼 두 눈을 가늘게 뜨고 천장과 벽, 낡은 가구를 더듬다가 나와 눈을 맞춘다. 아무 근심 없는 무구한 얼굴이 사랑스럽다. 젖을 먹는 내가 아니라 젖을 물려주는 달 아주머니가 아기처럼 느껴진다.

상상할 수조차 없는 어마어마한 무게를 가진 아기가 나를 향해 두 팔을 뻗는다. 나는 이제 스스로 일어나 앉을 수조차 없게 된 몸을 부끄러워하면서 얼굴을 찡그리는 달 아주머니에게 미소 지으며 두 팔을 힘껏 끌어당긴다. 달 아주머니는 거칠게 숨을 몰아쉬면서 굼뜨게 몸을 일으키고 앉아 무거운 두 다리를 차례차례 신중하게 방바닥에 내려놓는다.

나와 달 아주머니가 식탁에 마주 앉았을 때 창 너머로 1교시 시작을 알리는 차임벨이 울린다. 달 아주머니는 숟가락을 집어 김칫국을 떠먹는다.

"냉장고에 배추김치가 남아 있는 걸 잊고 있었어."

나는 더껑이가 앉은 배추김치를 마트에서 사 오지 않았을 거라고 짐작했지만 캐묻지 않는다. 냉장고에서 썩어가는 배추김치를 꺼내 국을 끓이는 바람에 달 아주머니가 다시 회한에 잠길까 봐 걱정이 된다.

"이제 별 씨가 가져오는 배추김치를 먹을 수 없을 거야."

달 아주머니는 별 아저씨가 일 년에 몇 번씩 가져왔던 배추김치를 누가 담가주는지 모른다고 한다.

"별 씨가 김치를 가지러 가지 않으면 걱정할 텐데."

배추김치를 담가주었던 모르는 사람 때문에 달 아주머니는 우울한 얼굴로 밥을 삼키고 김칫국을 떠먹는다.

결혼식을 올리지 않고 살았던 30년 동안 달 아주머니는 별 아저씨의 가족을 만난 적이 없다. 배추김치를 담가주는 사람이 별 아저씨의 어머니인지 누이인지 먼 친척인지 알지 못한다.

"나는 별 씨를 사랑하면 다른 건 아무래도 좋다고 생각했어."

밥과 김칫국을 먹고 나서 달 아주머니는 치킨 한 쪽을 집어 든다. 나는 달 아주머니가 족발까지 양껏 먹어 치우고 쓸데없는 상념은 떨쳐내기를 바란다.

"별 씨는 공이처럼 나를 바라봐주었어. 한결같이."

별 아저씨를 사랑하는 마음이 진심이 아닐지도 모른다는 의심이 들 때마다 괴롭고 두려워서 폭식을 했다고 달 아주머니는 털어놓는다.

별 아저씨를 만나기 전까지 달 아주머니를 가장 사랑했던 사람은 달 아주머니의 아버지였다. 달 아주머니의 아버지는 힘이 세고 당당했으며 두려움을 모르는 사람이었다. 그는 달 아주머니가 이 세상에서 가장 아름답고 소중한 존재라고 일깨워주고 자랑으로 여겼으며 언제까지라도 곁에 있겠다고 약속했다.

어느 날 딸의 방에서 읽어서는 안 될 책을 발견했던 달 아주머니의 아버지는 불같이 화를 내고 캐묻고 소리쳤다. 달 아주머니는 고함치고 욕하면서 폭력을 행사하는 아버지를 보고 놀라고 당황했다. 의심 없이 발을 딛고 선 땅이 불쑥 꺼져버린 듯 황망했고 수치심으로 얼굴이 달아올랐다.

"나는 아버지가 부끄러웠고 아버지를 부끄러워하는 내가 부끄럽고 괴로웠어."

달 아주머니는 딸이 언제나 아름답게 꾸미고 다니면서 사람들 앞에서 미소 짓기를 바라는 아버지를 더 이상 자랑스러워할 수 없었다. 만족스럽게 웃음 짓는 아버지의 얼굴을 두 번 다시 볼 수 없을 거라는 무서운 예감에 휩싸였다.

아버지는 여왕의 왕관을 가지라고 말했지만 달 아주머니는 읽지 말아야 하는 책을 보고 거친 학생들 틈에 끼어 구호를 외치고 경찰과 구사대를 피해 최루탄이 터지는 거리를 달렸다. 딸을 향한 아버지의 사랑과 믿음, 희망을 의심하면서 힘껏 달렸다. 달 아주머니는 아버지가 원하는 삶을 부정하고 멀어지기 위해서 쉬지 않고 달려야 했다.

"그곳에 아버지가 서 있었어. 경찰 제복을 입고 말이야."

달 아주머니는 닭 뼈를 모아 접시에 놓고 족발을 먹기 시작한다. 나는 식어버린 족발을 다시 데울까 생각하다가 식사를 방해할 것 같아 움직이지 않는다.

"무서운 얼굴로 나를 노려보고 있었지."

달 아주머니는 족발을 쥔 손을 부르르 떨며 진저리친다.

"몸이 얼어붙어서 꼼짝할 수 없었어. 발이 떨어지지 않았어. 누군가 내 몸을 붙잡고 놓아주지 않는 것 같았거든."

마스크를 쓴 모르는 남자가 등을 떠밀지 않았다면 달 아주머니는 언제까지라도 그 자리에 굳은 채 서 있었을지도 몰랐다.

달 아주머니는 컥컥 숨을 몰아쉬면서 달렸다. 어디로 가야 하는지 모르고 내달렸다. 대기를 가득 채운 최루 가스 때문에 눈물을 줄줄 흘리면서 비틀거렸다.

달 아주머니는 친구와 친척, 동료와 이웃들 누구를 만나든 딸을 자랑하며 으스댔던 아버지를 당당하게 자신의 아버지라고 말할 수 없었다. 감추고 외면할수록 아버지는 주머니에 든 송곳처럼 달 아주머니의 마음을 아프게 찔렀다.

"아버지와 다시 마주칠까 봐 겁이 났어."

달 아주머니는 아버지에게 붙들리지 않으려고 달렸고 지금껏 의심하지 않고 믿었던 순진하기 짝이 없는 생각에서 벗어나려고 달렸다. 스무 살 달 아주머니의 모든 것을 부정하고 틀렸다고 했던 그 사람의 말이 진실이 아님을 확인하기 위해서 달렸다. 달 아주머니는 쉬지 않고 달렸다. 걸음을 멈춰야 할 자리가 어디인지 모른 채 달리고 달려야 했다.

숨을 헐떡이며 멈춰 섰을 때 금방이라도 쓰러질 듯 휘청거리는 달 아주머니의 손을 잡아준 사람은 별 아저씨였다. 쇠 냄새와 기름 냄새, 땀 냄새에 전 작업복을 입은 작고 순해 보이는 별 아저씨를 본 순간 달 아주머니는 숨어서 읽은 책과 시위 현장에서 외쳤던 구호가 아니라 현실에 존재하는 노동자를 만났다는 기쁨으로 가슴이 벅차올랐다.

"그 사람은 해방이라고 말했지만 나는 사랑이라고 생각했어. 그 사람이 했던 일은 도망 다니는 것뿐이었거든."

달 아주머니는 노동자가 억압에서 해방되는 세상을 꿈꾸

었던 그 사람을 비웃었다. 사회과학 이론으로 무장하고 어떤 사람과의 논쟁에서도 밀리지 않았던 그 사람은 긴 세월 동안 도망 다니다가 양복 윗도리에 금배지를 달고 국회에 나타난 놀랍고 황당하기 그지없는 존재였다. 무수히 많은 사람들의 마음을 날카롭게 찔러댔던 그 사람의 문장은 정작 본인에게는 관용과 자비를 베풀 수 있을 만큼 관대했다.

"그 사람은 금세 날 잊었을 거야. 자신이 비웃었던 이들을 오래 기억하는 사람은 드문 법이니까."

수많은 노동자들이 모여 있는 6월의 명동성당에서 달 아주머니는 별 아저씨를 발견하고 망설임 없이 다가갔다. 여왕의 왕관을 꿈꾸고 하이힐과 스커트를 즐겨 신고 입었던 달 아주머니는 운동화와 청바지 차림에 화장을 하지 않은 얼굴로 아버지의 세계 반대쪽을 향해 단호한 걸음으로 의심 없이 뚜벅뚜벅 걸어갔다.

별 아저씨는 달 아주머니의 손을 잡고 안절부절 어쩔 줄 몰라서 허둥거렸다. 달 아주머니는 어느 날 불현듯 날아온 낯설고 매혹적인 한 마리 새였다. 집 안에 가두고 키울 수 있는 새가 아니었다. 달 아주머니의 머리에 왕관을 씌워줄 수 없는 별 아저씨는 전전긍긍했다. 새는 날아가지 않았다. 제가 있어야 할 자리를 찾아온 듯 꼼짝하지 않았다. 예상하지 못했고 감당할 자신이 없었지만 별 아저씨는 비좁고 불편한 방에서 새를 길들이면서 살아야겠다고 마음먹었다.

세상을 바꾸기 위해 분주히 몸을 숨겼던 그 사람과 반대로 고집스럽게 세상을 지키려고 했던 달 아주머니의 아버지는 사라진 딸을 찾으려고 온 땅을 이 잡듯 뒤졌다. 어느 날 딸이 숨어 있는 곳을 찾아낸 아버지는 분노했고 참담한 슬픔을 억누르지 못하고 부들부들 몸을 떨었다. 부정하면서 고개를 돌리거나 없던 일로 치부하고 훌훌 떨쳐버릴 수 없는 광경을 목도하고 망연자실했다.

달 아주머니의 아버지는 스스로 여왕의 왕관을 걷어찬 딸을 증오했지만 단념하지 않았다. 그는 딸의 일탈에 혀를 내두르고 치를 떨면서 노동자의 소굴에서 구해내기 위해 폭력을 동원했다. 힘을 과시할 수 있는 손쉬운 방법이었다. 단번에 굴복시킬 수 있는 무기를 두고 다른 선택을 할 필요가 없었다.

달 아주머니는 굴복하거나 달아나지 않았다. 폭력을 휘두르고 위협하면서 사랑을 말하는 아버지가 딱하고 마음이 아팠다. 아버지가 사랑하고 자랑으로 알았던 딸은 이제 세상에 존재하지 않았다. 폭력에 무릎 꿇고 집으로 끌려간다고 해도 달 아주머니는 여왕의 왕관을 꿈꾸는 딸이 될 수 없었다.

"아버지는 되돌릴 수 있다고 말했어. 잘못 꿰어진 단추를 풀면 다시 처음으로 돌아가서 나에게 어울리는 옷을 입을 수 있다고 했지. 아버지는 몰랐던 거야. 내가 얼마만큼 힘겹게 달렸는지 말이야."

살점이 하나도 남지 않은 동물의 뼈가 접시에 가지런히 담겨져 있다. 더 이상 먹을 음식이 없는데도 달 아주머니는 기름이 묻은 손을 닦지 않는다.

"신념은 꺾을 수 있지만 사랑은 저버릴 수 없는 거니까. 내가 지키려고 했던 사랑이 아버지를 슬프고 괴롭게 만들었지만 어쩔 수 없었어. 돌이킬 수 없는 일이었지. 공아, 나는 본래의 내가 될 수도, 되고 싶지도 않았단다."

나는 최후의 만찬이 끝난 듯 마음이 허전하고 알 수 없는 슬픔으로 목이 멘다. 별 아저씨와 함께했던 달 아주머니의 30년의 세월을 한 끼 식사를 하는 동안 숨 가쁘게 살아버린 듯 나른하고 피곤하다. 나는 줄기차게 먹어야 했던 달 아주머니의 삶을 조금은 이해할 수 있을 것 같다. 별 아저씨를 기다리려면 달 아주머니는 중단하지 말고 먹어야 한다. 기다림을 멈추지 않으려면 먹는 수밖에 없다. 그건 나 역시 마찬가지다.

나는 달 아주머니에게 아침 식사가 종료되었음을 알리기 위해 빈 그릇을 집어 개수대에 넣는다. 동물의 뼈를 비닐봉지에 담고 행주를 가져와 식탁을 닦는 내 모습을 물끄러미 바라보다가 달 아주머니는 힘겹게 몸을 일으켜 세운다. 하고 싶은 말이 남아 있는 듯했지만 잠자코 입을 다문다. 시간은 얼마든지 있다. 보채거나 독촉하지 않아도 나는 언제든 달 아주머니의 이야기를 들을 수 있다.

달 아주머니는 욕실이 아니라 방 쪽으로 몸을 돌린다. 거실 바닥을 쓸듯이 두 발을 무겁게 끌면서 위태롭게 걸음을 옮긴다. 나는 이제 달 아주머니가 식탁과 방 사이, 대여섯 걸음조차 안 되는 짧은 거리를 혼자 걸을 수 없는 날이 곧 닥칠 거라고 예감한다. 달 아주머니는 삶을 되돌릴 수도 잘못 꿰어진 단추를 풀고 어울리는 옷을 입을 수도 없다. 달의 집은 달 아주머니의 선택이다. 무르거나 되돌릴 수 없는 의미 있는 생이다.

걷지 못하게 된다고 해도 달 아주머니는 나와 함께 먹을 수 있다. 쌀과 라면이 바닥나고 집 안이 온통 쓰레기로 뒤덮여도 기름진 음식을 배달해주는 사람들이 있어서 천만다행이다. 달 아주머니를 먹이기 위해서 나는 달의 집에 머물러 있어야 한다. 내가 쓸모없는 존재가 아니라서 안심이 된다.

나는 설거지해야 할 그릇을 그대로 두고 달 아주머니 곁으로 간다. 달 아주머니는 기름기가 번들거리는 손으로 나를 안아준다. 창 너머로 여자가 쓰레기통을 뒤지는 소리가 들려온다. 앞니 빠진 여자가 아무리 시끄럽게 굴어도 달 아주머니는 여자가 있어야 할 자리에 있을 뿐이고 불평할 일이 하나도 없다는 듯 태평하다.

언제든 기꺼이 젖을 내주는 달 아주머니 곁에서 나는 잠시 잠깐 죽음을 잊고 편안해진다.

"공이가 이곳에 머물러 있어서 안심이 돼."

오랫동안 씻지 않은 달 아주머니의 몸에서 시큼한 냄새가 풍긴다. 나는 달 아주머니가 원하면 언제라도 구석구석 몸을 씻겨줄 수 있다. 달 아주머니는 무엇이든 요구할 수 있다. 그것은 나의 바람이다. 어디로도 갈 수 없는 나는 달 아주머니에게 복종하면서 기다림의 시간을 견뎌야 한다.

"충분히 쉬었다가 떠나렴."

밥과 고기를 먹어도 채워지지 않았던 허기가 가시고 졸음이 쏟아진다. 나는 젖을 양껏 먹은 아기처럼 만족스럽게 눈을 감는다. 내가 누구이며 어디를 떠돌고 있는지 잊고 따듯한 충만감에 젖어 든다.

낯설고 달콤한 꿈이다. 길고 무서웠던 악몽이 사라지고 슬픔과 불안이 잦아든다. 달 아주머니의 품에서 나는 한 번도 울지 않은 사람처럼 시름을 잊고 깜빡 잠이 든다.

꿈속에서 꿈을 꾼다. 달 아주머니가 나를 안고 등을 다독거린다. 언제까지라도 숨겨줄 거라는 말에 안심하면서 나는 깊은 잠에 빠져든다.

나는 모른다

살지도 죽지도 않은 내가 양미간을 찌푸리며 차갑게 웃음 짓는다. 화장대 거울에 비친 추악하고 혐오스러운 얼굴이 섬뜩해서 창 너머로 고개를 돌려버린다. 웃고 떠들며 골목길을 지나가는 아이들을 향한 적대감으로 나는 얼어붙는다. 계절이 순환하지 않는 달의 집에서 살아 움직이는 것들의 소리와 움직임에 분노한다. 살고 싶다거나 살아야 한다고 의식하지 못한 채 흘려보낸 열여덟 해의 나날들이 아득하다.

살아 있는 사람은 자신의 숨소리를 귀 기울여 들으려고 하지 않는다. 살아 있음을 의심하지 않고 등 뒤에 바짝 붙어 서 있는 죽음을 감지하지 못한다. 산 자들에게 죽음이란 직선으로 내리꽂히는 찰나의 순간이 아니다.

나는 깃들어 있어야 할 자리를 찾지 못하고 삶과 죽음의 경계를 위태롭게 떠돌아다닌다. 삶을 의심하고 죽음을 부정하면서 따듯한 대기와 향기로운 꽃냄새를 그리워한다. 헛되고 부질없는 줄 알면서도 아직 도착하지 않은 스무 살의 봄을 기다린다.

달 아주머니의 시간은 과거로 뒷걸음질 치고 있다. 몸의 시간만큼은 정직해서 체중이 200킬로그램을 훌쩍 넘었을 성싶다. 이제 달 아주머니가 살을 더 찌운다고 해도 기뻐하거나 체념하고 돌아설 사람이 없다. 한자리에 뿌리박힐 수 있게 해주었던 몸은 충실하게 제 역할을 마쳤다. 풍성한 살덩어리로 둘려진 달 아주머니의 몸은 꽃과 잎사귀를 피울 수 없는 죽은 나무다.

나는 죽은 나무에 달라붙어 달고 시큼하고 따듯한 젖을 먹으려고 하는 아둔한 사람이다. 어느 날 숨이 멎고 달 아주머니의 몸이 침대에서 속수무책으로 썩어간다고 해도 막을 방법이 없다. 구더기가 들끓는 죽은 몸을 보게 될 사람은 딸의 머리에 여왕의 왕관을 씌워주려고 했던 달 아주머니의 아버지나 공손히 무릎을 꿇고 발톱을 깎아준 별 아저씨가 아니다.

나는 죽은 사람의 몸을 본 적이 없지만 시취를 풍기면서 썩어가는 달 아주머니의 모습을 눈앞에서 보고 있기라도 한 듯 생생하게 떠올릴 수 있다. 구더기가 우글거리고 추깃물이 흐른다. 죽음은 낯설지 않다. 나는 침대 끄트머리에 간당간당 매달려 죽음이 만들어 놓은 텅 빈 구멍을 응시한다. 마른 땅에 물기둥이 높이 치솟는다. 물기둥이 솟은 자리마다 생겨난 구멍으로 검은 물이 차오른다. 젖은 땅이 요동치면서 갈라진다. 이름을 잃은 주검들은 한곳에 머무르지 못하고 차고 사나운 물결을 따라 이리저리 떠돌다가 바다로 흘러간다.

달 아주머니는 죽고 나는 먹지 않는다.

나는 달 아주머니라고 할 수 없는, 역한 냄새를 풍기며 썩어가는 시신과 함께 뜨겁고 환한 빛 속에 무력하게 누워 있다. 구역질 나는 냄새로 꽉 찬 달의 집은 빛과 어둠이 차례로 반복된다. 나는 떠나야 할 때를 놓치고 달 아주머니의 주검과 함께 방치된다. 죽음이 두려워서 달의 집으로 숨어든 나는 다시 죽음의 자리에 갇힌다.

달 아주머니는 저녁 식사로 아귀찜과 돈가스를 먹겠다고 말한다. 나는 방바닥에 널린 배달 음식 광고 전단지에서 아귀찜과 돈가스 가게를 찾아 전화를 걸고 아귀찜 큰 사이즈 하나와 돈가스 정식 2인분을 주문한다.

벨이 울리기를 기다렸다가 화장대에 놓인 달 아주머니의 신용카드를 집어 들고 현관문을 연다. 검은색 안면 마스크를 한 젊은 남자가 알루미늄 배달통에서 스티로폼 접시에 담긴 아귀찜을 꺼내 거실 바닥에 내려놓는다. 눈을 제외하고 마스크로 얼굴을 가린 남자는 신용카드와 명세표를 던져 놓고 도망치듯 밖으로 나가버린다. 다시 벨이 울린다. 현관문을 열자 마스크로 코와 입을 가린 중년의 남자가 스티로폼에 담아 온 돈가스와 된장국을 내려놓고 황급히 사라진다.

나는 스티로폼 용기에 담긴 음식을 식탁에 늘어놓고 달 아주머니와 마주 앉는다. 달 아주머니는 손톱이 짧게 잘린 살진 손가락으로 종이 포장지를 찢고 나무젓가락을 꺼낸다. 된장국을 떠먹을 일회용 플라스틱 숟가락은 보이지 않는다. 나는 개수대에 뒤죽박죽 쌓여 있는 더러운 그릇들 사이에서 숟가락 두 개를 찾아 수돗물에 헹군다.

음식물 쓰레기가 담긴 비닐봉지 주위로 쌀알만 한 누런 벌레 몇 마리가 꾸물거린다. 찬장 문과 주방 벽을 따라 누런 벌레들이 줄지어 기어간다. 싱크대 밑에서 튀어나온 바퀴벌레 한 마리가 눈 깜짝할 사이에 어디론가 사라진다. 더럽고 징그러운 벌레들은 내가 방심한 틈을 노렸다가 달의 집 주방에서 활개 치며 배를 채우고 있는 중이다. 머물러 있기 적당한 자리를 찾았다고 기뻐하면서 눈치도 없이 버르적거린다.

달 아주머니는 마른기침을 하면서 아귀찜이 맵다고 투덜거린다. 나는 설거지통에서 유리컵 두 개를 꺼내 대충 헹구고 안개가 낀 듯 뿌옇고 탁한 수돗물을 받아 식탁으로 가져간다. 미지근한 수돗물에서 역한 물비린내가 난다. 나는 구역질을 참으면서 억지로 물을 삼킨다.

고춧가루로 범벅이 된 아귀찜은 맛없는 콩나물찜 같다. 돈가스는 튀김옷이 두껍고 돼지고기는 질기고 퍽퍽하다. 나는 찰기 없는 흰밥을 덜어 된장국에 만다. 달 아주머니는 연신 기침을 하면서 아귀찜과 돈가스를 꾸역꾸역 먹는다. 나는 쉬지 않고 음식을 씹어 삼키는 달 아주머니에게 혐오감을 느끼면서 된장국을 한 모금 마신다.

한밤중에 편의점 테이블에 앉아 컵라면과 도시락을 먹었던 날이 먼 옛날인 듯 아득하다. 맛을 알 수 없는 음식으로 배를 채우려고 안달복달하는 나를 참아내기 어렵다. 구더기가 들끓는 달의 집에서 끊임없이 먹어대는 내가 어처구니없어서 웃음이 나온다.

살아 있는 달 아주머니에게 혐오감을 느끼는 죽은 내가 한심해서 숟가락을 내려놓는다.

"왜 그만 먹니?"

고스란히 남아 있는 내 몫의 돈가스를 눈으로 가리키면서 달 아주머니가 묻는다.

달 아주머니는 아무 잘못이 없다. 나는 무거운 두 다리로 땅을 딛고 서서 오가는 사람들의 시선에 아랑곳없이 울었던 달 아주머니를 탓하거나 원망하지 말아야 한다.

그날 울고 있는 달 아주머니와 마주치지 않았다면 짐작할 수도 없는 좁고 축축하고 어두운 자리를 찾아 숨어들었을 것이다. 어디에 있든 내가 존재하지 않는 사람이라는 자명한 이치는 달라지지 않는다.

나는 오랫동안 빗지도 감지도 않은 더러운 머리와 입술 아래로 턱과 목의 경계를 지워버린 불룩한 살덩어리, 언제 갈아입었는지 알 수 없는 초대형 원피스를 입은 달 아주머니의 모습을 멍한 시선으로 바라본다. 달 아주머니는 일회용 스티로폼에 담긴 돈가스와 밥, 채 썬 양배추와 단무지를 전부 먹어 치우고 잘게 잘린 미역 건더기가 둥둥 떠 있는 된장국을 마신다. 아귀찜이 반 이상 남아 있는데도 달 아주머니는 젓가락을 내려놓는다.

나는 다시 유리컵에 수돗물을 받아 달 아주머니에게 건네주고 포장용 랩으로 남은 음식을 둘러싼다. 냉장고를 열자

김치 통 뒤쪽에서 튀어나온 바퀴벌레가 냉장실 가장자리를 따라 빠르게 기어 올라간다. 나는 스티로폼 그릇 두 개를 포개 김치 통 옆에 넣고 탕 소리 나게 냉장고 문을 닫는다. 바퀴벌레는 냉장고에 갇힌다. 빠져나갈 틈이 없다. 나는 아직 더럽고 흉측한 벌레들에게 달의 집을 내주고 싶지 않다.

달 아주머니는 금세 잠든다. 나는 달 아주머니의 옆에 누워 출구가 봉쇄된 냉장고에서 더껑이 범벅이 되어 죽어가는 바퀴벌레를 떠올리며 쓴웃음을 짓는다. 달의 집에는 죽었거나 죽어가는 것들이 갇혀 있다. 죽은 나는 죽어가는 달 아주머니의 몸에서 풍기는 악취를 맡지 못한다. 달 아주머니가 위선으로 가득한 스무 살 이야기를 무람없이 지껄일 수 있었던 까닭은 내가 살아 있는 사람이 아니기 때문일 것이다.

흩어진 말을 모아 되는 대로 기록했던 신문지와 종이와 책은 주방 찬장에 처박혀 있다. 죽은 사람은 말을 할 수 없다. 살아 있다고 착각하면서 글을 썼던 내가 끔찍하고 진절머리가 난다. 나는 말을 멈추고 상념을 떨치고 죽음의 고통마저 잊어야 한다. 어떤 일도 시도하지 말아야 한다. 분노와 공포마저도 내 몫이 아니다. 버르적거리는 벌레를 향한 혐오감조차 가소롭기 짝이 없다.

나는 달 아주머니의 왼쪽 팔에 머리를 대고 모로 누워 눈을 감는다. 먼지처럼 가볍게 공중으로 떠올라 어둠 속으로 흩어지고 싶다. 공기 방울이 되어 대기에 떠올랐다가 덧없이 사라질 수 있기를 바란다. 나로 인해 깊은 상심에 잠겨 있는 달 아주머니를 훌쩍 떠나야 한다.

내 몸은 거대하게 부푼 달 아주머니의 살덩어리 옆에 누에처럼 말려 있다. 어둠 속에서 애벌레 한 마리가 쉼 없이 꿈틀거린다. 나는 번데기가 되고 나방으로 변해 텅 빈 고치를 일별하고 창밖으로 날아간다. 골목은 어둡고 조용하다. 배가 고프지 않지만 불빛이 환한 편의점을 그냥 지나치지 않는다. 편의점 안쪽 기다란 테이블에 앉아 컵라면을 먹고 있는 교복 차림의 고등학생들을 본 순간 반가운 마음에 불쑥 말을 건넬 뻔했다.

중년 남자가 담배 한 갑과 소주 한 병을 계산하고 나오기를 기다렸다가 편의점으로 날아 들어간다. 앞치마를 두른 점원은 카운터 안쪽 등받이 없는 의자에 걸터앉아 있다. 나는 도시락이 진열된 매대로 날아갔다가 컵라면을 먹고 있는 학생들 쪽으로 가서 빈 의자에 내려앉는다. 밝고 아늑한 공간이 정겨워서 무슨 말이든 주절거리고 싶은 심정이다.

점원은 손님들이 컵라면 빈 용기를 쓰레기통에 버리고 나가기를 기다렸다가 유통 기한이 지난 삼각 김밥과 딸기 우유를 가져와 카운터에서 먹기 시작한다. 나는 날개를 접고 의자에 앉아 김밥과 우유를 먹고 있는 점원을 바라본다. 좋아하는 음식이 잔뜩 있지만 배가 고프지 않고 먹는 모습을 바라보는 것만으로도 마음이 흡족해진다.

20대 초반으로 보이는 점원은 김밥과 딸기 우유를 금세 먹어 치운다. 김밥 하나로는 겨우 허기를 면할 수 있을 뿐이다. 매대에 진열된 여덟 개의 도시락 중 다섯 개는 유통 기한이 겨우 30분밖에 남아 있지 않다. 밝고 청결한 편의점 테이블에서 느긋하고 배부르게 식사할 수 없는 점원은 폐기 처리해야 할 도시락 다섯 개를 챙겨 들고 퇴근할지도 모른다.

나는 고등학교를 졸업하면 편의점에서 아르바이트를 하고 싶었다. 졸업 후의 진로는 정하지 못했지만 밤에 편의점에서 아르바이트를 하고 있는 내 모습을 떠올리면 불안하고 지루했던 일상이 그럭저럭 견딜만했다. 밤을 선택한 까닭은 어둠 속에 홀로 있지 않아도 되기 때문이다. 밤의 편의점은 어둠에 잠기지 않는다. 지루할 만큼 조용했다가 어느 순간 종소리와 함께 출입문이 열리고, 이름을 모르는 낯익은 손님이 들어올 테니까 말이다.

나는 30분이 넘도록 손님이 오지 않는 편의점 매장으로 천천히 날아오른다. 먹을 수 없는 도시락 위에 잠깐 내려앉았다가 아이스크림 냉장고 쪽으로 날아간다. 점원은 카운터에 앉아 휴대전화로 문자를 읽는다. 내가 매장을 가로질러 날아도 신경을 쓰지 않는다. 편의점으로 날아들었는지조차 눈치채지 못한 듯하다. 나는 점원의 휴대전화 액정에 내려앉았다가 종소리가 울리고 출입문이 열렸을 때 밖으로 날아간다.

횡단보도 신호등이 꺼져 있다. 오가는 자동차와 사람은 보이지 않는다. 나는 별빛이 반짝이는 거리를 빙글빙글 돌면서 날아간다. 우리 집 쪽을 향해 나 있는 골목은 어둠에 잠겨 있다. 달빛과 별빛이 닿지 않는 어둠 속을 더듬어서 날아가면 다세대 주택 1층 현관문 앞에 설 수 있다. 완강하게 닫힌 현관문을 열고 들어가면 두 개의 방과 거실 겸 주방, 욕실에 걸리고 흩어진 익숙하고 정겨운 사물들과 마주할 수 있다. 옷장에 걸린 교복과 책상에 던져 놓은 가방은 주인을 잃은 지 오래다. 도망치듯 집을 뛰쳐나온 나는 거기에 없다.

가족의 품으로 돌아간 주검과 사라져버린 아이들이 마지

막 순간에 닿았던 J시가 어디쯤일지 가늠해본다. 아버지가 밤을 보내고 있는 M시로 가려면 얼마만큼 오랫동안 날아야 하는지 골똘히 생각하면서 어둠 속을 톺아본다. 골목의 집들은 약속이라도 한 듯 전부 불이 꺼져 있다. 앞니 빠진 여자가 고단한 몸을 누이고 잠들어 있는 집을 찾아 불빛이 없는 골목을 두리번거린다. 내가 밤거리를 날고 있을 거라고 꿈에도 알지 못할 여자를 손짓해 부르면서 낮게 날아오른다.

나는 횡단보도를 건너고 초등학교 정문 맞은편에 있는 E고등학교까지 내처 날아간다. 뒷걸음질 쳐서 달아난 후 다시 갈 수 없었던 곳이다. 교문이 닫혔지만 아무 문제가 되지 않는다. 나는 교문 위로 가볍게 날아올라 기역 자로 꺾어진 건물 현관 출입문을 향해 곧장 날아간다. 누군가 나를 기다리고 있을지도 모른다는 헛된 희망을 품고, 활짝 열린 문 안쪽에서 뛰어나온 낯익은 얼굴과 마주치는 불가능한 상상을 하면서 날아간다.

두껍고 불투명한 유리가 끼워진 현관 출입문은 빈틈없이 닫혀 있다. 나는 날개를 접고 출입문 손잡이에 몸을 바짝 붙인다. 울음소리와 아우성치는 소리는 들리지 않는다. 살아 있는 사람의 기척을 느낄 수 없다. 나는 빛과 공기가 차단된 곳으로 들어갈 수 없다. 시멘트 계단을 날아 수많은 방으로 나누어진 무덤으로 진입하지 못한다.

유충이 되고 번데기와 나방으로 모습이 바뀌었어도 나는 완강하게 닫힌 문 앞에서 무력하다. 다시 무엇이 되어야 하는지 알 수 없다. 알고 있는 거라곤 뒤집을 수 없는 무서운 진실뿐이다. 까닭을 알 수 없는 슬픔과 고통이다. 나는 어둠 속에서 숨을 죽이고 누군가 내 이름을 불러주기를 기다린다. 길고 무서운 어둠의 시간을 끝내고 환하게 퍼지는 햇살을 보고 싶다. 창가 내 자리에 앉아 꾸벅꾸벅 졸다가 눈을 뜨고 석식을 먹으려고 우르르 식당으로 몰려가는 아이들을 뒤따라가고 싶다.

나는 다시 날아오른다. 별빛을 길잡이 삼아 운동장을 빙글빙글 맴돌다가 연두색 커튼이 무겁게 드리워진 2층 창 쪽으로 날아간다. 양 날개를 활짝 펼치고 커튼 틈으로 방을 엿본다. 사내아이들 특유의 냄새가 사라지고 굵은 목소리가 들리지 않는 방은 고요하다. 본래 생명이 깃든 적이 없다고 시위라도 하는 양 차갑다. 한 번도 소리가 닿지 않은 공간처럼, 세상과 동떨어진 자리로 밀려난 얼음 조각처럼 싸늘하다.

빛과 공기가 차단된 교실 39개의 책상 위에 흰 꽃이 한 송이씩 놓여 있다. 꽃은 시들어야 할 순간을 놓치고 여태도 싱싱하다. 연두색 커튼이 장막처럼 드리워진 교실마다 한정 없는 애도의 시간을 견디느라 꽃은 시들 겨를이 없다. 내 몫으로 놓인 국화가 시들어 사라지기를 바랐지만 죽음은 돌이킬 수 없는 일이 되었다. 시간을 되돌려 J시로 출발하는 전세 버스에 몸을 실을 수 없는 나는 흰 꽃을 묵묵히 받아들여야 할 운명이다.

선생님들이 흰색 분필로 판서를 했던 칠판 가득 포스트잇이 빽빽하다. 포스트잇에 적힌 쌀알처럼 작은 글자는 읽을 수 없다. 희고 붉고 노랗고 푸른, 색색의 포스트잇 중 어딘가에 적혀 있을 내 이름을 찾아서 두리번거린다. 나는 아무도 불러주지 않는 이름을 찾으려고 절망적으로 날갯짓하면서 유리창을 두드린다. 누구라도 화답하기를 바라면서 텅 빈 교실 구석진 자리를 더듬는다.

아버지가 내 책상에 놓인 흰 꽃을 보았을지 궁금하다. 어쩌면 아버지는 나보다 먼저 그 꽃을 보았을지도 모른다. 칠판에 나붙은 수많은 포스트잇에는 아버지가 차마 나에게 들려줄 수 없었던 말이 쓰여 있을 것이다. 침묵으로 얼버무리려고 했던 진실이 거기에 있다. 한순간에 덮쳤던 죽음이었다. 나는 재난의 현장에서 허둥지둥 도망쳤다. 심장을 관통하는 죽음을 순순히 받아들일 수 없었다. 부정하고 거부하고 달아나면 죽음을 피할 수 있을 거라고 생각했다.

누구라도 나를 애도해주기를 바란다. 온전히 죽을 수 있기를 소원한다. 살지도 죽지도 않고 언제까지 어둠 속을 떠돌아다녀야 하는지 알 수 없다. 빛도 어둠도 바라지 않는다. 완전히 사라져서 어디에도 깃들지 말아야 한다. 생명을 가진 무엇으로도 다시 태어나고 싶지 않다.

꿇어앉을 다리가 없다. 몸을 잃은 내가 안타까워 신음을 삼킨다. 잘리고 찢긴 몸을 두고 떠나야 한다고 생각하면서 부질없이 제자리를 맴돈다.

눈을 찌르는 빛에 저항하면서 잠에서 깬다. 나는 지하에 수감된 광인처럼 함부로 들이닥치는 빛에 적대감을 느낀다. 달 아주머니의 물컹거리는 살이 어깨에 닿는 순간 참았던 욕설이 터져 나온다. 어쩌자고 달 아주머니는 빛을 가릴 커튼 한 장 달지 않았는지 알 수 없다.

불쾌하게 솟구치는 빛을 막아낼 물건을 찾으려고 정신없이 두리번거린다. 검고 두꺼운 천으로 창문을 봉쇄하면 달의 집은 온종일 한밤중처럼 어두울 것이다. 환한 빛이 아니라면 점점 더 좁아지는 공간이 한결 견디기 쉬울 듯하다.

나는 발에 채는 빈 상자와 빈 페트병을 구석으로 던져

놓고 달 아주머니의 옷장과 이불장을 뒤진다. 두꺼운 이불이 있지만 창가에 걸어 놓을 방법이 없다. 별 아저씨의 작업복과 겨울 점퍼, 여자용 외투가 걸리고 쌓여 있는 옷장을 뒤져도 창가에 걸 만한 검은 천은 눈에 띄지 않는다.

"별 씨 옷을 입어라. 공이한테 맞을 거야."

허락도 없이 옷장을 뒤지는데도 나무라지 않고 달 아주머니는 부드러운 목소리로 달래듯 말한다. 성을 내거나 따져 묻지 않는, 한없이 따듯한 목소리가 내 마음을 진정시켜 주기는커녕 오히려 화를 돋운다.

"속옷을 갈아입고 별 씨의 셔츠와 바지를 입어라. 공이가 입을 만한 옷은 얼마든지 있으니까."

달 아주머니는 몸을 일으켜 달라고 말하면서 두 팔을 내민다. 아무 의심 없이 손을 뻗는다. 도움을 구하면 거절당하지 않을 거라고 확신하는 표정을 짓고 나를 빤히 쳐다본다.

나는 방바닥으로 쏟아져 나온 옷가지를 뭉쳐 되는 대로 옷장에 쑤셔 넣고 달 아주머니의 손을 힘껏 잡아당긴다. 달 아주머니는 어젯밤보다 조금 더 무거워진 몸을 겨우겨우 일으키고 침대에 젖버듬히 기대앉는다.

나는 옷장 문을 거칠게 닫고 방 안을 두리번거린다. 빛을 가릴 수 있다면 검은색 천이 아니어도 상관없다. 걸리고 쌓인 옷가지를 꺼내고 4자짜리 옷장을 창가로 옮기면 창문을 전부 가릴 수 있다. 나는 지금껏 빛을 방치한 무심하고 게으른 달 아주머니를 탓하고 욕하면서 씩씩거린다.

"옷을 갈아입어라, 공아."

달 아주머니는 부드러운 목소리로 타이르고 무거운 두 다리로 바닥을 딛고 일어선다. 나는 달 아주머니의 다정한 목소리를 견뎌내기 어렵다. 어쩌자고 달의 집으로 나를 불러들여 젖을 먹이고 위로해주었느냐고 따져 묻고 싶은 심정이다. 헛것에 불과한 나에게 속아주고 경멸과 혐오의 시선을 묵묵히 참아내는 까닭을 짐작조차 할 수 없다.

"이제 별 씨는 이 옷들을 입을 수 없단다."

가만히 있어도 저절로 흔들리는 무거운 살덩어리를 매달고 달 아주머니가 내 앞을 가로막는다. 목소리는 여전히 부드럽지만 무서운 말을 발설하려는 사람처럼 얼굴이 딱딱하게 굳는다. 나는 중심을 잡으려고 버둥거리는 달 아주머니의 거대한 몸을 왁살스럽게 밀쳐내고 달의 집 창을 훌쩍 뛰어넘어 달아나려고 발버둥이친다.

"별 씨를 보았어. 그 사람의 몸을 보고 말았어."

달 아주머니의 두 눈에 맺힌 눈물을 본 순간 창문을 막고 빛을 봉쇄하는 일 따위는 아무 소용이 없다는 것을 깨닫는다.

예상치 못한 위기에 대응하려면 입을 닫고 눈을 감아야 한다. 달 아주머니는 나와 달리 어리석지 않다. 별 아저씨의 죽음을 외면하거나 감추지 않고 담담하게 받아들이려고 하고 있다.

"공아, 옷을 갈아입고 떠날 준비를 하렴."

나는 지금 당장은 갈아입을 옷이 필요하지 않다고 꼴사납게 날뛰면서 고함친다. 옷장을 뒤져 무엇을 찾으려고 했는지 잊었다고 아무렇게나 둘러댄다. 옷을 갈아입지 않아도 불편하지 않고 그건 달 아주머니도 마찬가지 아니냐고 불퉁스럽게 소리친다.

방 안에 들이친 빛을 보고 흥분해서 소리쳤던 미련하고 답답한 나를 탓하면서 허둥지둥 주방으로 도망친다. 달 아주머니가 별 아저씨의 이야기를 하지 못하도록 입을 틀어막아야 한다. 빛을 봉쇄하려고 미쳐 날뛰던 나는 아무 말도 듣지 못한 사람처럼 심상한 얼굴로 씻지 않은 그릇들이 어지럽게 쌓여 있는 개수대에서 더러운 냄비를 꺼내 수돗물에 헹군다.

달 아주머니는 식탁으로 와서 잠자코 아침밥을 기다린다. 나는 냄비에 물을 받아 가스불에 올리고 냉장고를 연다. 먹다 남은 아귀찜과 돈가스를 꺼내 전자레인지에 데우면서 여느 날과 다르지 않게 식사를 차리려고 바쁘게 움직인다.

눈이 시리도록 강렬하게 들이치는 햇빛은 아직 견딜만하다. 달 아주머니의 눈물이 마르기도 전에 식탁 위에는 아침 식사가 차려진다. 음식이 충분하지 않지만 달 아주머니와 나는 잠자코 먹는다. 이제 달 아주머니는 양껏 먹어야 할 까닭이 없고 나 역시 마찬가지다.

해가 뜨고 질 때까지 나는 앞니 빠진 여자에게 온통 신경이 쏠려 있다. 아무도 들어주지 않는 말을 씨부렁거리고 빈 페트병 하나를 얻으려고 욕설을 퍼붓고 몸싸움을 벌이는 여자를 향한 짜증과 분노가 치밀어 오를 때마다 나는 여자를 죽이고 싶은 충동에 휩싸인다. 여자의 짧고 굵은 목을 졸라 숨통을 끊어놓고 싶어서 거칠게 숨을 헐떡인다. 모르는 사람에게서 김밥 한 줄을 건네받고 좋아 히죽거리는 여자의 웃음이 가증스러워 견딜 수 없다.

나는 창문 안쪽에서 몸을 숨기고 재활용 쓰레기통 주변을 오락가락하는 여자의 모습을 훔쳐본다. 헌 옷 수거함에서 꺼내 왔을 게 뻔한 목 언저리가 늘어나고 누렇게 색이 바랜 티셔츠를 입고 초등학교 후문 쪽을 바라보고 서 있던 여자가 느닷없이 고개를 홱 돌린다. 허리가 굽은 노인이 폐지와 빈 박스가 실린 리어카를 끌고 텅 빈 골목으로 힘겹게 걸어오고 있다. 노인의 리어카가 달의 집 앞을 지나 초등학교 정문과 중고등학교 정문을 사이에 두고 있는 왕복 2차선 도로 쪽으로 멀어질 때까지 여자는 짧은 목을 꼿꼿이 세우고 긴장을 풀지 않는다.

골목에 혼자 남자 여자는 재활용 쓰레기통 위에 걸터앉아 달의 집 창문을 힐긋 쳐다보면서 웃음을 터뜨린다. 쭉 째진 두 눈으로 창문 안쪽까지 꽛꽛이 살피면서 능갈맞게 웃는다. 나는 머리카락이 쭈뼛거리고 등골이 오싹해진다. 만사를 꿰뚫어 보는 여자의 눈빛에 주눅이 든다. 짐짓 시치미 떼면서 적당한 때를 노리고 있는 여자는 내가 감히 대거리할 만한 상대가 아니다.

오금이 저려 맥없이 방바닥에 주저앉는다. 타인의 시선에 아랑곳하지 않고 제멋대로인 여자는 결코 호락호락하지 않다. 나는 여자의 정체를 확인하고 진저리친다. 시도 때도 없이 게두덜거리고 제멋대로인 여자는 세상에 무섭거나 두려울 게 없는 사람이다. 달의 집으로 숨어든 죽은 아이를 쫓아내려고 기회를 엿보고 있는 여자가 언제 불쑥 달려들지 알 수 없다.

"공아."

달 아주머니가 내 이름을 부른다.

나는 땀과 눈물로 범벅이 된 얼굴을 들고 침대가 아니라 화장대가 놓인 벽 쪽을 바라본다. 창 너머로 차임벨 소리가 유난히 시끄럽게 들려온다. 초등학생들이 우르르 교문 밖으로 몰려나올 시간이다. 달 아주머니에게 점심 식사를 차려주어야 하는데도 꼼짝하지 않는다.

살진 바퀴벌레 한 마리가 무릎을 세우고 앉아 있는 내 옆을 지나 화장대 뒤편으로 빠르게 사라진다. 나는 바퀴벌레가 눈에 띄어도 징그럽다거나 잡아 죽여야 한다는 마음이 생기지 않는다. 그래야 할 까닭이 없다. 점점 무감각해지는 내 몸은 바퀴벌레와도 견줄 수 없을 만큼 혐오스러운 덩어리일 뿐이다.

"공아."

다시 달 아주머니가 나를 부른다.

달 아주머니의 허기진 위를 채워 주는 일이 성가시고 무의미하게 반복하는 행위가 짜증이 난다. 먹기를 중단해도 괜찮지 않겠냐고 달 아주머니가 물었을 때 정말 먹지 않을까 봐 두려워했던 나는 미련한 아이다.

태양이 내뿜는 뜨거운 열기로 달아오른 달의 집에서 나는 무력하게 바퀴벌레를 쫓는다. 앞니 빠진 여자를 향한 살의마저 부질없다. 나는 바퀴벌레보다 하찮다. 이대로 돌이 되고 싶다. 정지된 시간을 살아야 한다면 차라리 돌이 되는 편이 낫다. 나는 애벌레나 나방이 되고 싶지 않다. 공이라는 이름으로 18년을 살았던 기억마저 떠올릴 수 없는 무생물이라면 더 이상 바랄 나위가 없다.

달 아주머니가 다시 내 이름을 부른다. 불길한 예감을 떨치지 못하고 벌떡 몸을 일으킨다. 호명하는 이름은 같지만 달 아주머니의 목소리는 절박함을 넘어 체념하는 기색이 역력하다. 더럭 겁이 나고 후회가 밀려든다. 나는 방바닥에 널린 옷더미를 밟고 허둥거리며 달 아주머니 곁으로 다가간다. 달 아주머니는 두 눈을 감고 입을 굳게 다문다. 아무 말도 하지 않겠다는 듯이 고개를 돌린다.

침묵으로 모면해보려고 하지만 역겨운 냄새는 감출 수 없다. 자명한 사실을 감추고 덮으려고 하는 달 아주머니의 태도가 어처구니없어서 쓴웃음이 터진다. 달 아주머니는 나처럼 한심하고 어리석은 사람이다. 대책 없이 살이 쪄가는 골칫덩어리다. 달의 집에는 달 아주머니와 나 둘뿐이다. 나는 달 아주머니를 도울 수 있는 사람이 나 하나뿐이라는 달라지지 않는 무서운 사실에 망연자실한다.

나는 거대한 눈 덩어리 같은 달 아주머니의 무거운 몸을 억지로 끌어당겨 침대에 일으켜 앉힌다. 달 아주머니는 눈물이 글썽한 얼굴로 나를 잠깐 쳐다보다가 고개를 떨어뜨린다. 오줌으로 흠뻑 젖은 원피스와 속옷, 침대 시트를 감추려고 이불을 끌어당기면서 버티려고 하지만 소용없는 짓이다. 난감하고 괴로운 상황이다. 위험을 감지하지 못하고 내가 자초해서 불러들인 사고였다.

달 아주머니는 산 같은 몸을 느릿느릿 움직여 내가 이끄는 대로 순순히 침대에서 내려온다. 나는 혼자 화장실 출입조차 할 수 없는 달 아주머니를 저주하고 욕설을 퍼붓고 고함치면서 지린내가 진동하는 아무렇게나 뭉쳐진 덩어리 같은 몸을 욕실 안으로 우악살스럽게 밀어 넣는다. 나는 거센 물살에 터진 둑처럼 비틀린 감정을 건잡지 못하고 휘청거린다. 내 입에서 쏟아져 나온 더러운 욕설이 내 얼굴을 후려치고 할퀸다.

나는 달 아주머니를 발가벗겨 변기에 앉힌다. 중심을 잡지 못해 쓰러질 듯 기운 몸을 간신히 바로 세워주자 달 아주머니는 체념한 얼굴로 고개를 숙인다. 나는 물때가 낀 욕조 가장자리를 따라 기어가는 바퀴벌레를 바라보면서 하릴없이 샤워기를 집어 든다.

샤워기에서 미지근한 물이 솟구친다. 나는 욕실 바닥으로 떨어져 하수구로 흘러 들어가는 물줄기를 멍한 시선으로 바라본다. 좁은 욕실은 바위처럼 크고 무거운 달 아주머니의 몸 하나로 꽉 찬다. 숨이 막힌다. 샤워기를 던지고 욕실 밖으로 뛰쳐나가고 싶은 마음을 억지로 눌러 삼키면서 나는 입을 앙다문다.

"공아."

침묵을 깨고 달 아주머니가 고개를 든다.

나는 달 아주머니의 정수리를 향해 물줄기를 날린다. 거침없이 쏟아진 물이 달 아주머니의 벌어진 입을 다물리게 하고 턱 아래로 경계를 알 수 없는 목과 늘어진 가슴을 적시고 터진 살이 겹겹이 둘려진 배를 지나 고목의 줄기 같은 허벅지 안쪽 구멍으로 흘러 들어간다.

달 아주머니는 변기 위에 무기력하게 앉아 저항하지 않는다. 나는 폭군처럼 물줄기를 무기 삼아 달 아주머니의 몸을 때리고 경멸하고 괴롭히고 싶은 비뚤어진 욕망을 주체하지 못한다. 나는 바위 같은 몸으로 아무렇지도 않게 거짓말을 늘어놓았던 달 아주머니를 비난하고 조롱하면서 킬킬거린다. 야비하고 염치없는 내가 역겹다고 생각하면서 달 아주머니를 모욕한다.

열여덟 봄에 사라진 아이들 이야기는 거짓말이거나 농담

이다. 달의 집 욕실에 쭈그리고 앉아 물이 쏟아지는 샤워기를 집어 들고 미쳐 날뛰게 될 줄 모르고 전세 버스 10대가 학교 운동장에서 아이들을 싣고 J시로 출발하는 광경을 지켜보면서 혼자 남았다고 좋아했던 나는 무모하고 덜떨어진 아이다.

무겁고 축축한 몸을 끌어안고 한정 없이 떠돌아야 하는 죽음의 시간이 끔찍하다. 나는 무엇을 하고 있는지 알지 못하고 무엇을 하게 될지 짐작할 수 없다. 달 아주머니를 멸시하고 괴롭힌다고 해서 참담한 슬픔에서 벗어날 수 없다는 것을 알 뿐이다. 검은 물이 차오르는 구멍에서 비명이 새어 나온다. 나는 샤워기를 놓치고 욕실 바닥에 주저앉는다. 볼품없는 반죽 덩어리 같은 달 아주머니의 가슴에 안겨 울음을 터뜨린다.

오줌으로 펑 젖은 침대 시트와 이불을 둘둘 말아 들고 베란다로 향한다. 수도가 연결된 자리에 놓인, 뚜껑이 열린 낡은 세탁기 옆으로 걷어야 할 때를 놓쳐 햇볕에 누렇게 말라 있는 옷가지들이 스테인리스 빨래 건조대에 걸려 있다. 베란다 유리창과 창틀은 손을 댈 수 없을 만큼 더럽고 타일이 깔린 바닥은 쓰레기가 굴러다닌다. 오래전 주인이 떠난

폐가처럼 황량하고 을씨년스러운 베란다에 발을 딛기 싫어서 침대 시트와 이불 더미를 세탁기 쪽으로 던진다. 손에 밴 악취를 맡자 구역질이 치민다. 달의 집은 어느 곳 하나 더럽지 않은 자리가 없다. 나는 오줌으로 얼룩진 침대 매트리스에 누워 잠들고 싶지 않다. 자신의 몸을 통제하지 못하는 달 아주머니 곁에 머물러 있고 싶지 않다. 구역질 나는 달의 집으로 걸어 들어오지 말았어야 했다고 후회하면서 머리카락을 쥐어뜯는다.

나는 거실 바닥에 널린 쓰레기를 밟고 방으로 들어간다. 달 아주머니는 젖은 수건을 손에 들고 침대 매트리스에 힘없이 걸터앉아 있다. 거대한 기구(氣球)처럼 부푼 달 아주머니의 벗은 몸은 한 번도 본적이 없는 낯설고 기괴한 물체 같다. 달 아주머니는 몸을 움직여 옷을 입고 침대 시트를 까는 사소하고 기본적인 동작마저 망각한 채 멍한 시선으로 허공을 좇는다.

옷장에서 낡은 시트를 꺼내 침대에 깔고 두 손으로 달 아주머니의 몸을 굴려 오줌이 밴 자리에 눕힌다. 쉰내가 풍기는 수건을 빼앗아 화장대 위에 던지고 이불을 꺼내 벗은 몸을 가려준다. 달 아주머니는 눈을 감고 입을 닫는다. 슬픔과 분노, 고통을 알지 못하는 무표정한 얼굴이다. 부끄러움을 상실한 이상하고 낯선 사람의 얼굴이 두려워진다.

하교하는 아이들로 소란하던 창밖이 조용하다. 나는 이불 밖으로 튀어나온 달 아주머니의 길게 자란 발톱을 외면한다. 정지된 시간을 살아도 달 아주머니의 발톱은 왕성한 식욕처럼 날마다 거침없이 자란다. 달 아주머니가 숨을 멈춘 뒤에도 발톱이 자라고 살덩어리가 부풀 것 같아 숨이 막힌다.

달의 방은 죽음의 자리다. 스스로 옷을 벗지도 입을 수도 없는 달 아주머니와 거듭 죽어야 하는 나의 무덤이다. 달 아주머니는 들려줄 말이 없고 나는 들을 귀가 없다. 나는 털어놓지 못한 비밀을 무겁게 끌어안고 돌이 되어야 한다. 흔들리지 않는 돌이 되어 한자리에 머물러야 한다.

휴대전화가 진동하면서 벨이 울린다. 고개를 들어 어두워지고 있는 창밖을 바라본다. 진동음과 벨소리가 끈질기게 이어지고 있지만 휴대전화는 눈에 띄지 않는다. 나는 전화가 끊어지기를 바라면서 방바닥에 흩어져 있는 배달 음식 광고 전단지를 들춰본다.

피자 가게 광고 전단지 밑에서 부르르 떨며 벨소리를 내지르는 휴대전화를 발견하고 손을 뻗는다. 액정화면에 떠오른 발신자는 아버지다. 나는 통화 버튼을 누르기 전까지 절대로 끊어지지 않겠다는 듯이 진저리쳐대는 휴대전화를 손에 들고 한참 동안 망설이다가 전화를 받는다.

"공아."

아버지의 목소리가 낯설어서 하마터면 전화 종료 버튼을 누를 뻔했다. 내가 없는 세상에서 아버지는 신호를 보내오고 있다. 머리카락이 보이지 않도록 안전하게 숨어 있는지 거듭 확인하려고 한다.

"공아."

아버지와 나 사이에 가로놓인 아득히 먼 거리를 더듬는다. M시와 달의 집, 달의 집과 J시까지의 가늠할 수 없는 거리를 오가느라 대답할 틈을 놓친다. 내가 결코 가닿을 수 없는 장소에서 아버지는 대답을 듣지 못할 말을 건네려고 애쓰고 있다.

"공아."

나는 아버지에게서 걸려오는 전화를 차단하지 않은 우유부단했던 행동을 후회한다. 아버지의 전화가 걸려오기를 기다리고 과거의 시간을 더듬으면서 떠나야 할 때를 놓쳤다. 아버지가 내 이름을 불러줄 때마다 살아 있다고 착각하고 속아주면서 기괴하고 섬뜩한 시간을 보냈다.

무사하냐고 묻는 아버지에게 나는 이대로 숨어 있어야 하는지 물을 수 없다. 나는 이제 아버지의 전화를 받지 않겠다고 말하지 않는다. 아버지는 원하는 대답을 들을 수 없다. 나는 아버지에게 매달리지 말아야 한다. 아버지와 나는 차갑게 단념하고 담담하게 이별의 고통을 받아들여야 한다. 굳이 전화를 걸어 확인하지 않더라도 나는 M시에서 성실하고 착하고 단순하게 살아가는 아버지의 삶을 짐작하기 어렵지 않다. 아버지도 그럴 수 있기를 바랄 뿐이다.

아버지가 다시 내 이름을 불렀을 때 통화 종료 버튼을 누르고 휴대전화 배터리를 뺀다. 터져 나오는 울음을 삼키면서 고개를 꺾는다. 더 이상 아버지를 속일 수 없다. 아버지가 헛된 희망을 품고 한정 없는 기다림의 시간을 보내도록 내버려 두지 말아야 한다.

나는 죽었고 찾을 수 없다.

은밀하게 아프지 않게

불고기 피자 한 판과 콜라를 주문하고 현관 안쪽에서 기다리다가 벨이 울리자마자 재빨리 문을 연다. 나는 마스크를 쓴 낯선 배달원이 던지듯 건네준 따듯한 피자와 차가운 콜라를 손에 들고 서서 달 아주머니를 향해 어서 일어나라고 소리친다. 달 아주머니는 꼼짝하지 않는다. 피자와 콜라를 방바닥에 던져놓고 내가 몸을 일으켜주려고 하자 이불을 끌어당겨 젖가슴을 가리면서 먹고 싶지 않다고 고개를 내젓는다.

“콜라를 한 잔 마실게. 그거면 충분해.”

수돗물에 헹궈도 얼룩이 짙게 남아 있는 유리컵을 가져와 콜라를 따라주자 달 아주머니는 단숨에 마시고 느릿느릿 다시 침대에 누워 벽지 색깔이 누렇게 바랜 천장을 잠깐 응시하다가 눈을 감는다. 달 아주머니는 식욕을 잃고 시름에 잠겨 입을 다물어버린다.

나는 달 아주머니가 거대한 몸을 침대에 부려놓고 낯선 곳으로 훌쩍 떠나버릴까 봐 조바심이 난다. 피자 냄새가 강렬하게 코를 자극하는데도 먹지 않는 달 아주머니가 이상하고 수상쩍지만 먹으라고 떼쓰거나 화를 내지 못한다.

방바닥에 쭈그리고 앉아 혼자 불고기 피자를 먹는다. 피자를 씹어 먹으면서 차임벨 소리와 우르르 몰려나올 아이들을 기다린다. 골목은 아침부터 내내 조용하다. 등교하는 아이들은 보이지 않고 차임벨 소리는 들리지 않는다. 어쩐 일인지 앞니 빠진 여자마저 기척이 없다.

따가운 햇볕만 한결같다. 나는 숨이 턱턱 막히는 공기와 날카로운 햇빛이 아이들을 삼켰을 거라고 넘겨짚는다. 책가방을 메고 집에서 나온 아이들은 한두 걸음도 떼기 전에 공중으로 붕 떠올랐다가 증발했을 것이다.

나는 하늘 위로 떠오른 수백 개의 풍선을 본다. 왁자한 소음으로 존재하는, 익명의 아이들이 풍선에 매달려 멀리, 높게 날아오른다. 뜨거운 공기의 흐름에 절망적으로 몸을 내맡기고 차례차례 내 시야에서 사라진다. 울음소리와 비명은 들리지 않는다. 아이들은 어디로 가는지 모른 채 작별 인사를 할 틈도 없이 모습을 감춘다.

어른들은 사라진 아이들을 찾으려고 하지 않고 아이들이 사라진 사건의 진상마저 감추고 덮으려고 할지도 모른다. 나는 연달아 들리는 풍선 터지는 소리에 놀라 고개를 든다. 알록달록한 풍선의 잔해가 내 몸 위로 종이꽃처럼 떨어져 내린다. 사라진 아이들은 내가 모르는 장소에 숨은 것이 분명하다. 뒤늦게 사람들이 부산을 떨어도 결코 찾을 수 없는 안전한 곳에 숨어 있어야 한다.

나는 어깨를 움츠리면서 일어나 몸을 숨겨야 한다는 규칙을 잊고 창밖으로 고개를 내민다. 검은 고양이 한 마리가 재활용 쓰레기통 주위를 날쌔거리면서 가르랑 소리를 낸다. 고양이는 쓰레기통 옆에 있는 사과 박스 안으로 들어간다. 앞니 빠진 여자는 보이지 않는다. 여자가 거기 있었다면 고양이에게 빈 박스를 양보했을 리 없다. 나는 그곳에 없는 여자를 찾으려고 골목을 휘둘러보다가 화가 치밀어 오르고 짜증이 나서 시근벌떡거린다. 일언반구 없이 사라진 맹랑한 여자가 어처구니없어서 웃음이 나온다. 나는 여자처럼 게두덜거리고 욕설을 내뱉는다. 당장 돌아오라고 소리치고 싶지만 억지로 눌러 삼키면서 낮게 욕설을 내지른다.

배달 음식 광고 전단지를 되는 대로 집어 전화를 건다.

시원한 동치미 냉면이라면 달 아주머니가 마다할 리 없다. 나는 동치미 냉면 두 그릇과 보쌈을 주문하고 방과 거실을 오락가락하면서 음식을 기다린다. 오랫동안 굶은 듯 허기가 져서 가만히 앉아 기다리지 못한다. 나보다 더 배가 고플 달 아주머니 때문에 마음이 다급해진다. 배가 고플 텐데도 피자를 먹으려고 하지 않는 달 아주머니를 방치해서는 안 된다. 달의 집에서 달 아주머니와 나는 언제까지라도 먹고 먹이는 행위를 중단하지 말아야 한다.

음식을 주문하고 기다리고 먹는 행위는 결코 헛되지 않다. 달 아주머니와 식탁에 마주 앉아 꾸역꾸역 먹을 때 나는 아직 숨이 끊어지지 않았다고 믿을 수 있다. 달의 집에서 나는 먹어야 한다. 음식을 거절하고 차갑게 돌아누운 달 아주머니의 예기치 못한 행동은 불길하고 나쁜 일이 벌어질 징조이다.

배달 음식을 받아 식탁에 차려놓고 방으로 들어가 옷장을 연다. 뒤죽박죽 엉망으로 쌓여 있는 옷더미에서 달 아주머니의 살을 가려줄 거대한 원피스를 끄집어내면서 어리석었던 내 행동을 후회한다.

"일어나서 옷을 입고 먹어요."

나는 달 아주머니의 두꺼운 목에 원피스 자락을 억지로

끼워 넣으면서 불퉁스럽게 소리친다. 우물쭈물하다가 엄청난 일에 휘말려 들게 될까 봐 마음이 조급해진다. 달 아주머니는 힘없이 고개를 가로젓는다. 옷을 입지 않겠다는 뜻인지 먹지 않겠다는 의미인지 알 수 없다.

"동치미 냉면과 보쌈을 먹고 피자를 데워줄게요."

나는 뭉툭한 목을 가까스로 통과한 원피스의 구멍 뚫린 소매 안으로 무거운 팔을 차례차례 끼워 넣으면서 달 아주머니를 설득하고 달랜다.

달 아주머니는 고집스럽게 고개를 내젓는다.

두 개의 젖가슴이 부끄러움도 모르고 출렁거린다. 봉우리처럼 솟아오른 살덩어리가 아우성치면서 흔들린다. 오랜 세월 착실하게 찌워온 살덩어리는 달 아주머니의 의지와 상관없이 음식을 향한 열망으로 요란하게 꿈틀거린다. 나는 복부에 낀 원피스 자락을 억지로 끌어내려 달 아주머니의 음부를 가려준다.

"배가 고파요. 참을 수 없을 만큼 배가 고파요."

나는 오랫동안 젖은 몸으로 거리를 떠돌던 기억을 떠올리면서 흐느낀다. 달 아주머니가 먹지 않으면 나도 먹을 수 없다고 하소연한다. 음식의 맛도 모르고 허겁지겁 주린 배를 채우는 일마저 포기할 수 없다고 설득한다.

"혼자 먹지 않을 거예요. 혼자 먹을 수 없어요."

나는 애원하고 매달린다.

"빨리 일어나서 먹어야 해요."

달 아주머니가 고집스럽게 음식을 거부할까 봐 겁이 난다. 달의 집으로 나를 불러들이고 별 아저씨를 대신해서 함께 있어 달라고 했던 말을 잊었을 리 없다고 생각하면서 고개를 가로젓는다.

아기여도 괜찮다고 다정하게 말하고 젖을 물려주었던 달 아주머니를 굶주림 속에 방치하지 말아야 한다. 나는 별 아저씨 대신이다. 달 아주머니는 별 아저씨의 자리를 채워 줄 수 있는 유일한 사람이 나라고 일깨워준 장본인이다. 끝끝내 음식을 거부한다면 나는 미쳐 날뛰면서 어떤 행동을 하게 될지 알 수 없다. 달 아주머니가 순순히 따르고 복종하기를 바라면서 나는 비굴하게 애원한다.

달 아주머니는 겁먹은 얼굴로 나를 따라 주방으로 와서 식탁에 앉는다. 얼음이 녹은 동치미 냉면은 면이 붇고 보쌈은 딱딱하게 굳어 가고 있다. 나는 일회용 나무젓가락을 두 쪽으로 갈라 면을 건져 먹는다. 불편하고 고통스러운 얼굴로 음식 앞에서 주뼛거리는 달 아주머니를 살피면서 천천히 국물을 삼킨다.

내 눈치를 보다가 달 아주머니는 허겁지겁 먹기 시작한다. 동치미 냉면과 보쌈을 깨끗이 먹어 치울 때까지 고개를 들지 않는다. 나는 차임벨 소리가 들리지 않는 초등학교와 말도 없이 자취를 감춘 여자에 대한 상념을 떨치려고 악착같이 먹는 행위에 몰두한다. 달의 집 창 너머로 보이는 초등학교 건물이 주저앉고 운동장이 쩍쩍 갈라진다고 해도 전혀 놀랍지 않을 것 같다. 두려운 존재는 달 아주머니뿐이다. 먹지 않으려고 하는 달 아주머니이다.

한낮이 되도록 나타나지 않는 여자가 무슨 꿍꿍이속인지 알 길이 없다. 아이들은 모두 안전한 곳으로 사라졌고 나는 걱정하지 않아도 된다. 여진은 두 번 다시 되풀이되지 않을 거라고 확신한다. 파괴될 위험은 더 이상 없다.

악취가 풍기는 축축한 침대에 달 아주머니를 눕히고 나도 쓰러져 눕는다. 비좁은 데다 고약한 냄새가 나지만 내가 몸을 눕힐 수 있는 유일한 자리이다. 달 아주머니가 젖을 주지 않아도 나는 충분히 배가 부르다. 창 너머로 고양이가 가르랑 소리를 낸다. 앞니 빠진 여자는 재활용 쓰레기통 주변에 나타나지 않는다.

달 아주머니에게 용서를 빌어야 하는데 입이 떨어지지

않는다. 짜증을 내고 모욕을 주고 공격하는 나를 슬픈 표정으로 바라보았던 달 아주머니에게 죄책감을 떨칠 수 없다. 달 아주머니는 모멸감으로 떨면서도 차갑게 돌아서거나 단호하게 나를 내치려고 하지 않는다. 나는 달 아주머니가 갈 곳 없이 떠도는 나를 달의 집으로 불러들여 먹이고 잠들 수 있게 해주었다고 일깨워주고 꾸짖기를 바란다.

나는 용기를 내 달 아주머니에게 미안하다고 말한다. 화를 내고 악에 받쳐 소리쳤던 순간을 떠올리면서 얼굴을 붉힌다. 거칠고 형편없는 내가 부끄러워 입술을 깨문다. 달 아주머니의 발톱을 깎아주고 품에 안겨 울음을 터트렸던 기억을 까맣게 잊은 내가 뻔뻔하고 한심해서 고개를 꺾는다.

달 아주머니는 거칠게 숨을 몰아쉬면서 괜찮다고 대답한다.

"공이는 잘못이 없어."

다정한 목소리를 듣는 순간 왈칵 눈물이 쏟아진다. 나는 거짓 없이 순정한 달 아주머니의 둥근 얼굴을 두 손으로 어루만지면서 다시 미안하다고 말한다.

"아무도 공이를 탓할 수 없어. 탓하지 않아."

달 아주머니는 울음을 삼키고 느릿느릿 속삭인다. 모욕과 슬픔, 고통을 벌써 잊어버리고 나를 위로해준다.

"그러니까 공아, 다 괜찮아."

괜찮다고 말하면서 달 아주머니는 내 눈치를 살핀다. 하고 싶은 말이 있는데도 차마 털어놓지 못하고 망설이는 듯하다. 염치를 모르는 나 때문에 달 아주머니는 깊은 슬픔에 잠긴다.

나는 침대에서 스스로 일어나 앉지 못하는 달 아주머니가 걸음마저 뗄 수 없는 지경이 되면 휴대용 소변 통을 준비해놓겠다고 마음먹는다. 기꺼이 그렇게 해야 한다. 달 아주머니를 도울 수 있는 사람은 나 하나뿐이다. 모두 사라지고 달 아주머니와 나 두 사람이 남았다. 오줌과 땀과 때에 전 낡은 침대는 달 아주머니와 나의 세계이다. 나는 홀로 연명할 수 없는 달 아주머니에게 헌신하겠다고 거듭 맹세한다. 두 번 다시 달 아주머니를 슬픔 속으로 밀어 넣지 않겠다고 마음을 다잡는다.

"공아, 이제 너는 ……."

힘겹게 숨을 고르고 달 아주머니가 말한다. 여태도 공이라고 불리는 내가 서럽고 가슴 아프다. 나는 내 이름을 놓칠까 봐 겁이 난다. 달 아주머니가 무슨 말을 하려고 다정한 목소리로 내 이름을 부르는지 알 수 없어 두려워진다.

"…… 떠나야 해. 별 씨는 올 수 없단다. 오지 않을 거야."

달 아주머니는 울먹이는 목소리로 더듬더듬 말을 잇는다.

나는 길바닥에서 울고 있던 달 아주머니의 모습을 떠올리면서 고개를 힘껏 내젓는다.

"결국에는 …… 떠나야 해. 공아, 너무 늦지 않게 떠나야 한단다."

달 아주머니는 고개를 숙이고 흐느낀다.

떠나야 한다고 말했지만 내가 어디로 가야 하는지 알려주지 않는다. 내 이름을 불러줄 사람은 달 아주머니 한 사람뿐이다. 나는 달 아주머니를 위해 울어주고 싶다. 나를 떠나보내고 홀로 남게 될 달 아주머니가 애처로워서 심장이 터져버릴 지경이다.

나는 사망자도 생존자도 아니다. 사라진 사람들이 모두 돌아오면 그때 달의 집을 떠날 수 있다. 달 아주머니에게 숨김없이 전부 털어놓고 싶다. 내가 어디에도 깃들 수 없는 존재라는 사실을 알게 된다고 해도 달 아주머니는 놀라거나 나무라지 않을 사람이다.

달 아주머니는 야멸치게 내치지 않겠지만 나는 용기를 내지 못하고 머뭇거린다. 그 말을 하고 나면 더 이상 달의 집에 머물러 있을 수 없을 거라는 불길한 예감을 떨쳐내지 못하고 입을 다물어버린다.

나는 달 아주머니가 조금이라도 편하게 숨을 쉴 수 있도록 무거운 몸을 옆으로 굴려 모로 눕혀준다. 달 아주머니는 울음을 그치지 않는다. 나는 별 아저씨가 돌아와서 달 아주머니의 울음을 그칠 수 있게 해달라고 기도한다. 거칠게 자란 열 개의 발톱을 정성껏 깎아주고 발등에 입을 맞춰주어야 할 사람은 내가 아니라 별 아저씨라고 소리치고 싶다.

별 아저씨를 대신하는 일이 힘겹다. 헌신하겠다는 다짐과 맹세를 저버리고 포기할까 봐 두려워진다. 달 아주머니의 무겁고 냄새나는 몸을 외면하고 돌아설까 봐 무섭다. 축축하고 어두운 거리를 떠돌고 싶지 않다. 달 아주머니는 떠나라고 했지만 나는 돌아갈 자리가 어디인지 알지 못한다.

한 번도 만난 적이 없지만 별 아저씨의 얼굴과 목소리를 어렵지 않게 떠올릴 수 있다. 별 아저씨가 달의 집으로 뚜벅뚜벅 걸어들어올 때까지 나는 별 아저씨가 되어 먹고 잠들고 기다려야 한다. 하루가 다르게 무거워지는 체중 때문에 별 아저씨를 기다리는 일마저 포기하려고 하는 달 아주머니를 안간힘을 다해 붙잡고 있어야 한다. 달 아주머니는 나를 놓아버리려고 하지만 나는 아직 달의 집을 떠날 수 없다.

나는 숨을 헐떡거리며 괴로워하는 달 아주머니의 크고

둥근 얼굴을 별 아저씨의 눈으로 바라본다. 달 아주머니의 코와 입을 손바닥으로 힘껏 눌러 숨을 끊어주고 싶은 충동을 느낀다. 짐작보다 훨씬 더 짧은 시간이면 달 아주머니는 편안해질 수 있을 것이다. 달의 집에서 30년 동안 지치지도 않고 먹었던 끔찍한 생을 마감하는 데 걸리는 시간은 고작 1, 2분이면 충분하다.

달 아주머니의 숨소리가 부드러워지기를 기다린다. 달 아주머니가 숨을 쉬지 못할까 봐 불안해진다. 나는 달 아주머니의 입에 물려줄 풍만한 젖가슴이 없고 단숨에 숨을 끊어놓지도 못하는 겁쟁이다. 은밀하게 아프지 않게 죽기를 소망하면서 하릴없이 삶을 붙잡고 있는 어리보기이다.

나는 달 아주머니의 숨소리에 붙들려 있다. 달 아주머니는 딸에게 왕관을 씌워주려고 했던 아버지와 스무 살 달 아주머니의 삶이 온통 거짓이라고 단호하게 말했던 그 사람과 쇠 냄새, 기름 냄새를 풍기면서 콩나물국을 끓이고 두부를 부쳐 상을 차려 준 별 아저씨 이야기를 해주었지만 왜 달의 집으로 와서 숨어 있느냐고 나에게 묻지 않는다.

달 아주머니가 묻지 않아서 이상하고 아무것도 모른 채 숨이 끊어질까 봐 겁이 난다. 달 아주머니는 유령의 도시에서 나를 알고 있는 유일한 사람이다. 만약 내가 죽지 않고 살아 있는 것이 맞는다면 달 아주머니를 놓치지 말아야 한다.

화장대 앞으로 걸어가서 거울에 비친 내 얼굴을 바라본다. 눈빛이 퀭하고 광대뼈가 불거진 얼굴에 턱밑 수염이 제멋대로 자란 열여덟 살 내가 거기 서 있다. 살진 바퀴벌레 한 마리가 먼지와 얼룩으로 더러운 거울 앞쪽을 가로질러 뒤편으로 사라진다. 달의 집에서 살이 오르지 않은 거라곤 나 하나뿐이다. 살았는지 죽었는지 명확하게 알 수 없는 나는 달의 집에서 살아 꿈틀거리는 벌레들을 무력하게 좇는다.

장롱 문짝을 활짝 열어젖히고 뭉텅이로 쏟아져나온 옷더미를 뒤져 별 아저씨의 작업복 바지와 셔츠와 속옷을 집어 든다. 나는 옷 무더기를 밟고 서서 달의 집에 온 뒤로 한 번도 갈아입지 않은 셔츠와 바지와 속옷을 벗는다. 달 아주머니는 울음을 그치고 알몸으로 서 있는 나를 응시한다. 내가 떠날 준비를 하고 있다고 착각하면서 젖은 내 몸을 바라본다.

나는 별 아저씨의 속옷과 바지, 셔츠를 차례로 입는다. 별 아저씨의 옷들은 내 옷인 양 몸에 잘 맞는다. 쏟아져 나온 옷가지와 벗어 놓은 옷들로 엉망인 달의 방에서 나는 별 아저씨의 옷을 입고 별 아저씨처럼 미소 짓는다. 이제 죽었는지 살았는지 의심하지 않아도 된다고 생각하면서 안심한다. 달 아주머니는 눈을 감고 잠이 든다. 길고 고통스러운 작별 인사를 마치고 깊은 잠 속으로 빨려들어 간다.

먼 길을 떠나야 할 사람은 내가 아니라 달 아주머니인 것 같다. 별 아저씨가 달의 집으로 돌아오기 전까지 나는 별 아저씨가 되어 먹고 마시고 잠들어야 한다. 4.5톤 화물차를 달려 나는 어디로든 갈 수 있다. 밤의 고속도로를 달리다 배가 고프면 휴게소에 들러 육개장을 사 먹고 믹스커피를 마시고 다시 화물차 운전석 높은 자리에 앉아 한정 없이 뻗어 있는 어두운 길을 쉬지 않고 달릴 수 있다.

쇠 냄새와 기름 냄새에 찌들어 공장에서 보냈던 세월을 생각하면 화물차에 몸을 싣고 고속도로를 달리는 일이 특별히 더 고되다고 할 수 없었다. 공장의 노동은 별 아저씨의 몸과 마음을 단련시켰다. 별 아저씨는 공장 노동자의 삶을 끝내고 1인 사업자가 되었다. 콜을 받고 물건을 싣고 고속도로를 달려 다시 물건을 내리면 하루가 저물었다. 일주일 중 닷새는 화물차 운전석 뒤쪽 좁은 공간에서 쪽잠을 자고 토요일 새벽이 되면 고기며 술을 잔뜩 사 들고 달의 집으로 돌아갈 수 있었다.

오래전 공장에서 집으로 돌아갈 때마다 행여 달 아주머니가 떠났을까 봐 마음을 졸였던 별 아저씨는 어두운 밤 화물차에서 눈을 감고 있어도 불안을 느끼지 않았다. 별 아저씨는 무거운 몸으로 붙박여 있는 달 아주머니에게 언제까지라도 도돌이표처럼 되돌아갈 수 있었다.

달 아주머니와 함께했던 세월 내내 별 아저씨는 두 사람의 동거가 잘못 꿰어진 단추 같다고 생각했다. 별 아저씨는 평생 쉬지 않고 일했고 달 아주머니는 끊임없이 먹어야 했다. 완벽하게 둥그러지는 달 아주머니와 반대로 별 아저씨는 변함없이 작고 가늘었다. 나는 왜소한 체구가 별 아저씨를 주눅 들게 했을 거라고 짐작했다. 안간힘을 쓴다고 해도 바뀌지 않는 몸 때문에 비굴하게 살았을지도 몰랐다.

나는 별 아저씨의 눈으로 내 몸을 유심히 바라보다가 착하고 성실하고 단순하게 살고 있는 내 아버지를 떠올린다. 엄마가 차갑게 등을 돌렸을 때 아버지는 비굴하게 애원하면서 매달리지 않았다. 나는 아버지가 믿음직스러웠고 떠나는 엄마 때문에 슬퍼하지 않았다. 떠나는 사람은 용기가 필요하고 남겨진 사람은 시간을 견뎌낼 수 있는 힘을 가져야 했다. 잘잘못을 따질 수 있는 일이 아니었다. 그냥 그렇게 되었을 뿐이다.

몸집이 작은 사람들은 화물차에서 쪽잠을 자고 보일러실에서 밤을 보낸다. 나는 달의 집에서 새우잠을 자고 앓니 빠진 여자는 어두운 밤 누군가 재활용 쓰레기통에 폐지를 던져 넣는 소리가 들릴 때마다 선잠을 깬다. 얼굴이 넓적하고 목이 짧은 여자는 굵은 장딴지와 벌어진 등판 때문에 더 작아 보였다. 사람들이 오가는 길에서 아무렇지도 않게 먹고 마시고 게두덜거리는 여자는 평생 슬픔을 모르고 살았을 성싶다.

나는 열어 놓은 창으로 고개를 내밀고 텅 빈 길을 두리번거린다. 쓰레기통 주위를 늘쩡거리는 고양이가 눈에 띄자 이렇다 저렇다 말도 없이 자리를 떠나버린 여자에게 다시금 화가 치밀어오른다. 마땅히 있어야 할 자리를 비운 여자의 행동을 납득하기 어렵다. 여자가 무슨 꿍꿍이속인지 알 수 없다.

빛이 저물어간다. 고양이 한 마리 외에 아무도 없는 텅 빈 길을 바라보다가 터져 나오는 울음을 참지 못하고 흐느낀다. 모두 나를 따돌리고 숨어 있다. 별 아저씨의 옷을 입고 별 아저씨의 눈으로 거리를 더듬는 나를 비웃고 경멸하고 차갑게 외면한다. 이제 겨우 한 별의 옷을 빌려 입고 달의 집 창밖으로 고개를 내민 나를 완강하게 밀어낸다.

"공아."

나는 황급히 고개를 돌리고 달 아주머니를 바라본다.

내 이름을 불러줄 사람은 한 사람뿐인데 달 아주머니는 무표정한 얼굴로 깊이 잠들어 있다. 울음을 그치고 잠에 빠진 달 아주머니의 몸은 고단했던 삶과 슬픔, 고통의 흔적이 말끔하게 사라져서 딱딱하게 굳은 거대한 사물처럼 보인다.

"공아."

빛이 꺼지고 세상은 어둠에 잠긴다. 누군가 자꾸 내 이름을 부르지만 대답할 언어가 없다. 죽었거나 잠들어버린 나는 말을 할 수 없다. 사라져야 할 때를 놓치고 여태도 버르적거릴 뿐이다.

나는 허청거리면서 별 아저씨의 자리로 가서 눕는다. 숨소리를 내지 않고 잠들어 있는 달 아주머니 곁에서 별 아저씨처럼 몸을 구부리고 눈을 감는다. 먼 곳에서 내 이름을 부르는 목소리가 들려온다. 끊어질 듯 사라질 듯 위태롭게 이어지는 목소리에 응답하고 싶다. 간절하게 닿고 싶어 몸부림친다.

희미하게 멀어져가는 소리를 따라가자 낯선 도시에 주차돼 있는 화물차가 보인다. 크고 튼튼하고 멋진 별 아저씨의 화물차가 분명하다. 별 아저씨는 달의 집에서 그랬듯 몸을 웅크리고 화물차에서 밤을 보내고 있다. 꿈에서 화물차는 별 아저씨가 운전대를 잡지 않아도 저절로 도로를 달린다.

별 아저씨는 꿈인 줄 모르고 온몸으로 브레이크를 밟으려고 안간힘을 쓰면서 떠밀려 간다. 화물차는 별 아저씨를 싣고 세상 끝까지 거침없이 달려갈 기세다.

나는 별 아저씨가 내 주검을 찾아줄 거라는 희망에 사로잡힌다. 내 주검을 찾아줄 수 있는 사람이 별 아저씨 한 사람뿐이라는 사실을 깨닫는다. 찬물을 뒤집어쓴 듯 정신이 번쩍 난다. 출구를 알 수 없는 컴컴한 길을 한정 없이 걷다가 한 줄기 빛을 만난 사람처럼 가슴이 뛴다. 별 아저씨가 언제부터 내 이름을 불렀는지 알 수 없다.

화물차는 별 아저씨가 핸들을 잡지 않아도 무너지고 주저앉고 꺼져버린 도로를 달린다. 굳게 잠긴 화물칸에는 썩거나 상할 염려가 없는 자동차 부품들이 쇠 냄새를 풍기면서 잔뜩 쌓여 있다. 화물차가 J시를 지나서 항구에 닿으면 별 아저씨는 물건을 내려놓고 다시 고속도로를 달려야 한다. 쉬지 않고 달려 달의 집으로 돌아가야 한다.

내 이름을 부르는 사람은 별 아저씨가 분명하다. 아저씨의 옷을 입고 아저씨를 만나러 왔지만 내가 여기에 있다는 것을 어떻게 알려야 할지 몰라서 발을 구른다. 어리석고 한심한 나는 젖은 몸을 떨면서 흐느낀다. 너무 늦게 찾아왔다고 후회하면서 애를 태운다.

"공아."

이름을 잃어버리지 않아서 안심이 된다. 달의 집에 몸을 숨기고 있는 나는 여태도 공이라는 이름으로 불리고 있다.

쿵 쿵 쿵.

바퀴가 구른다.

텅 텅 텅.

화물차는 길이 없는 길을 달린다.

나는 막막한 심정으로 떨고 있다가 화물차 운전석 뒤편에서 모로 누워 잠이 든 별 아저씨의 차가운 몸속으로 스며든다. 싸늘한 기운에 진저리치며 얼어붙은 몸을 파고든다.

내 몸을 찾아주세요, 별 아저씨!

간절한 바람은 목소리가 되어 나오지 않는다. 별 아저씨는 꼼짝하지 않는다. 입과 귀를 닫고 침묵한다. 너무 늦게 찾아온 나를 나무라면서 밀쳐낸다.

나는 깨진 화물차 창 너머로 무너지고 주저앉은 건물과 도로와 다리를 본다. 거대하게 솟아오른 물기둥과 어두운 구멍이 보인다. 꺼지고 갈라진 땅 위로 검은 물이 차오른다. 훼손된 주검들은 한자리에 머물지 못하고 자꾸만 흘러간다. 나는 하릴없이 떠밀려 가는 주검들을 눈으로 좇으면서 눈물을 삼킨다. 열여덟 봄으로 시간을 되짚어 왔지만 상처 입고 어디론가 쓸려 가버린 내 주검은 찾을 수 없다.

나는 제발 별 아저씨가 깨어나게 해달라고 기도한다. 별 아저씨가 다시 내 이름을 불러주기를 초조하게 기다린다. 할 수 있는 거라곤 고작 그것뿐이다. 이미 죽어 다시 죽을 수 없는 나는 화물차 운전석 뒷자리에 모로 누워 꼼짝하지 않는 별 아저씨의 몸에 깃든 채 울부짖는다.

아름답고 튼튼한 화물차의 주인은 두 눈을 감고 무력하게 잠들어 있다. 숨소리를 내지 않고 조용히 잠에 빠져 있는 별 아저씨는 달의 집에서 날마다 상상할 수조차 없을 만큼 둥그러지고 있는 달 아주머니마저 잊은 듯하다.

차창이 깨지고 바퀴가 펑크 나 주저앉았지만 화물차는 땅속으로 꺼지거나 바다로 떠밀려 가지 않는다. 별 아저씨의 화물차는 아직 지상에 버티고 있다. 나는 아저씨를 놓칠까 두려워서 바다 쪽으로 눈길을 돌리지 못한다. 시간과 계절이 멈춘 물 위로 주검이 떠오른다고 해도 건져낼 수 없다.

환한 빛에 소스라치며 눈을 뜬다. 별 아저씨의 옷을 입은 몸이 무겁고 축축해서 땅속으로 꺼져 들어갈 것 같다. 달 아주머니는 숨소리를 내지 않고 잠들어 있다. 창 너머로 재활용 쓰레기통을 뒤지는 소리가 들려온다. 투덜거리며 혼잣말하는 여자의 목소리를 듣자 마음이 놓이고 불안이 잦아든다.

빈 깡통 몇 개가 길바닥에 떨어져 구른다. 빈 페트병과 빈 페트병이 부딪치며 내는 소리, 고양이 울음소리, 구시렁거리는 여자의 목소리를 들으면서 다시 눈을 감는다. 여자가 돌아와서 안심이 된다.

떠나야 할 사람은 여자가 아니다. 몸이 없는 나는 정지한 시간의 틈바구니에 끼어 끊임없이 열여덟 봄으로 굴러떨어지고 있다. 아버지가 숨어 있으라고 말하지 않았어도 나는 숨을 자리를 찾아다녔을 것이다. 나는 몸을 잃은 줄도 모르고 숨으려고 했던 우매한 사람이다. 죽은 줄 모르고 죽으려고 발버둥이쳤던 우스꽝스러운 존재이다.

나는 여태도 봄날 단체 여행을 떠난 아이들이 어디에 닿았는지 알지 못한다. 나를 따돌리고 숨어버린 아이들은 모습을 드러내야 할 때를 놓쳤다. 아이들은 나를 놀렸던 기억마저 까맣게 잊고, 차창 밖으로 펼쳐진 봄날의 풍광을 잊고, 누군가를 따라 불렀던 노래를 잊고 자신의 이름마저 잊어버렸다.

어느 누구도 숨바꼭질할 때 지켜야 할 규칙을 알려주지 않았다. 아이들은 숨바꼭질하다가 잠이 들면 영영 깨어나지 못할 수도 있다는 무섭고 끔찍한 비밀을 알지 못했다. 봄날 단체 여행이 끔찍한 축제가 될지 모른다는 의심은 하지 않았다.

이름을 잃어버리지 않은 내가 사라진 아이들의 얼굴을 하나씩 떠올리면서 이름을 불러주어야 한다. 목구멍 사이로 빠져나오지 않는 이름을 토해내야 한다. 나를 따돌린 아이들에게 미운 감정은 한 줌도 남아 있지 않다. 아이들이 벌써 나를 잊어버렸다고 해도 괜찮다.

나는 아이들의 이름을 한 명도 빼놓지 않고 불러주어야 한다.

몸을 잃고 목소리를 잃었지만 그렇게 해야 한다.

은밀하게 아프지 않게 사라지기를 소망했던 내가 부끄러워서 눈물이 흐른다. 눈을 감고 귀를 막고 스스로를 속이려 했던 내가 한심해서 고개를 들 수 없다.

한낮이 되도록 달 아주머니는 눈을 뜨지 않는다. 나는 달 아주머니를 억지로 깨우지 않고 주방으로 가서 유리컵에 수돗물을 가득 담아 마신다. 배가 고프지만 배달 음식은 먹고 싶지 않다. 주방 찬장이 텅 비었다.

나는 다시 유리컵에 수돗물을 채워 식탁에 앉는다. 달

아주머니가 잠을 깨면 별 아저씨에 대해 물을까 봐 겁이 난다. 별 아저씨의 화물차를 보았다고 털어놓을 수 없다. 차창이 깨지고 바퀴가 터지고 주저앉아 더 이상 튼튼하고 아름답다고 할 수 없는 화물차 운전석 뒤편에 모로 누워 꼼짝하지 않는 별 아저씨의 몸을 보았다고 고백할 수 없다.

별 아저씨의 몸에 스며들 때 느꼈던 한기가 떠오른다. 어디론가 떠밀려 가고 있을 주검을 생각하면서 나는 몸을 떤다. 파괴된 도시 한복판에 기우뚱 서 있는 화물차 밑으로 내가 보지 못한 주검들이 파묻혀 있을 거라고 짐작한다. 나는 달 아주머니가 잠을 깨 내 이야기를 들어주길 바랐고 언제까지라도 잠의 침묵이 지속되기를 기도한다.

움직이고 말하는 사람은 앞니 빠진 여자뿐이다. 창 너머에서 여자는 빛과 어둠이 순환하는 시간을 살고 있다. 여자와 나 사이에는 내가 살았던 18년이라는 시간만큼이나 긴 간극이 휘장처럼 드리워져 있다. 창 하나를 사이에 두고 시시껄렁한 소리까지 낱낱이 들을 수 있지만 나는 여자가 있는 세계로 진입할 수 없다.

나는 거실 바닥을 가로질러 기어가는 벌레를 눈으로 좇는다. 낡은 거실장 옆으로 몸이 뒤집힌 채 꼼짝하지 않는 바퀴벌레 위로 거대한 파리 몇 마리가 왱왱 날갯짓을 하며 시끄럽게 난다. 나는 주검 위를 날아다니는 파리를 쫓으려고 의자에서 일어나다가 물컹하고 축축한 물체를 밟고 휘청거린다. 식탁 의자가 넘어지면서 내 몸은 맥없이 나동그라진다. 베란다 창으로 쏟아져 들어오는 눈부신 빛을 막으려고 두 손으로 얼굴을 가린다. 흐느끼는 소리가 들린다. 내 울음소리가 아니다. 달의 집에 누군가 있다. 나처럼 몰래 스며들어 온 누군가가 내 발에 밟혀 울고 있다.

"거기, 누구, 있어요?"

나는 더듬거리며 묻는다. 두려움과 걱정으로 꼼짝할 수 없다. 언제부터 거기에 있었느냐고 물어야 한다.

대답이 없다. 흐느끼는 소리가 잦아든다. 나보다 더 불안해하면서 누군가가 멀어지는 기척이 느껴진다.

두런거리는 여자의 목소리가 들린다. 귀에 익은 목소리가 반가워서 창문 너머로 얼굴을 내밀고 내가 여기에 있다고 소리치고 싶다. 나는 숨은 아이고 찾아주는 술래가 없다고 고백하고 싶은 충동에 휩싸인다. 어처구니없게도 죽었다고 착각하면서 달의 집에 숨어 있었다고 털어놓으면 여자가 어떤 표정을 지을지 궁금하다. 여자는 이미 알고 있다고 말하면서 깔깔거릴지도 모른다. 바보같이 숨어 있지 말고 머리카락을 보여달라고 능갈맞은 얼굴로 외치는 여자의 목소리가 들리는 것 같다.

나는 흐느낌이 사라진 달의 집에서 죽은 듯 누워 있다. 여자가 조금만 더 그 자리에 머물러 있기를 바라면서 눈을 감는다. 달의 집에 어둠이 더디게 찾아오기를 빌며 조바심친다.

별 아저씨의 주검을 보았지만 여전히 믿지 못한다. 뼛속으로 파고드는 싸늘한 죽음의 감촉과 역한 냄새를 떨쳐내려고 고개를 내젓는다.

물의 아이

달 아주머니는 온종일 아무것도 먹지 않고 덩달아 나도 먹지 않는다. 비릿한 냄새가 역겨운 수돗물로 허기진 뱃속을 달랜다. 쓰레기가 탑처럼 쌓이고 흩어져 있는 좁고 어수선한 거실과 주방을 불안하게 오락가락하다가 싱크대 찬장을 열고 처박아 두었던 종이 더미를 끄집어낸다.

죽었거나 죽어가는 것들이 장악한 달의 집에서 나는 빛이 있을 때 글을 쓰고 해가 저물면 검은 바닷속을 떠도는 주검들을 따라다닌다. 달의 집 앞을 지키는 파수꾼 여자의 목소리에 의지해 더듬더듬 글자를 적는다. 폐지 뭉치를 차지하려고 허리가 굽은 노인과 부끄러운 줄도 모르고 드잡이하는 여자가 있어서 안심하고 문장을 적는다.

나는 언제까지라도 여자가 거기에 머물러 있기를 바라며

불퉁스러운 목소리에 귀 기울인다. 이따금 음정이 맞지 않은 노래를 부르고 우물우물 무언가를 씹어 먹으면서 구시렁거리는 여자에게 의지한 채 아무도 읽을 수 없는 문장을 적어나간다. 싱크대 밑이나 신발장 뒤, 장롱 어딘가에 숨어 있는 쥐에 대해 나는 쓴다. 이제 먹을 음식이 없는데도 달의 집에 버티고 있는 살진 쥐와 함부로 설쳐대는 바퀴벌레, 구더기, 파리에 대해 써야 한다.

나는 살진 쥐가 침대에 누워 깊이 잠들어 있는 달 아주머니의 몸을 갉아 먹을까 봐 두려워진다. 달의 집에서 먹을 거라곤 달 아주머니의 육중한 몸 하나뿐이다. 나는 쥐에게 파 먹히는 달 아주머니의 희고 보드라운 가슴과 출렁거리는 뱃살을 떠올리며 몸서리친다.

오래전 빛나는 얼굴로 별 아저씨의 집으로 찾아왔던 달 아주머니 모습을 생각하면서 뜨거운 눈물을 흘린다. 별 아저씨가 차려준 초라한 밥상에 감동해서 쇠 냄새 풍기는 노동자를 사랑하기로 마음먹었던 아름답고 순정한 달 아주머니가 이제 손가락 하나 움직일 수 없는 무력한 사람으로 전락했다는 명백하고 참담한 진실을 믿을 수 없어 욕설이 터져 나온다. 달 아주머니는 도움을 청하지 않고 나는 아무것도 해줄 수 없다. 달 아주머니와 달의 집은 본래 내가 닿을 수 없는 영역에 속해 있었음을 이제 순순히 인정해야만 한다.

달 아주머니는 하릴없이 살을 찌웠고 세상은 달라지지 않았다. 고작 18년을 살았던 나는 교과서와 역사책, 누군가 들려주었던 이야기로 20세기 한국 사회를 짐작할 뿐이다. 부족함 없는 생활을 누리면서 착하고 교양 있는 사람들 속에서 예쁘고 영민한 여성으로 살아갈 수도 있었던 달 아주머니가 최루탄이 터지는 거리를 정신없이 달리는 모습은 외계 생명체와 인공지능이 나오는 SF영화보다 비현실적이다. 완료된 과거가 아니라 가늠할 수 없는 먼 미래 같다.

이제 달 아주머니는 내 이름을 불러주지 않는다. 나는 혼자 지내는 시간에 익숙하고 이름이 불리는 경우가 드물었지만 잊힌다는 사실만큼은 겁이 나서 하루에도 몇 차례씩이나 전원이 꺼진 휴대전화를 들여다보면서 벨이 울리고 누군가 내 이름을 불러주기를 희망 없이 기다린다.

손이 아프도록 힘껏 볼펜을 움켜잡는다. 의지할 수 있는 거라곤 검은색 볼펜 하나뿐이다. 한 자루의 볼펜은 망망대해에 떠 있는 한 척의 배고 한 모금의 물이다. 나는 지하에 수감된 수인처럼 빛이 비쳐드는 동안 허겁지겁 써야 한다. 달의 집에 어둠이 깃들지 않기를 바라면서 헛되이 손을 움직일 수밖에 없다.

어둠이 내리고 창밖이 조용하다. 파수꾼 여자는 온다 간다는 말도 없이 사라졌다. 나는 작은 방과 주방, 거실의 불을 전부 켜놓고 식탁에 앉는다. 악취 때문에 숨을 쉬기 어렵다.

불을 켜도 어둠의 그림자는 사라지지 않는다. 아버지가 M시로 떠난 뒤부터 나는 저녁이 되면 집안의 불을 전부 켜놓고 지냈다. 아버지와 전화 통화를 할 때마다 무섭지 않다고, 잘 지낸다고 대답했지만 진심은 아니었다. 나는 어둠이 무서워서 잘 지내지 못했고 어둠을 무서워하는 자신이 한심해서 아버지에게 털어놓을 수 없었다. 겁이 많고 약한 모습을 들키고 싶지 않았다. 혼자여도 외롭지 않다고 스스로를 속이고 아버지의 짐작과 달리 강하고 의젓한 아들이라고 항변하면서 거드름을 피웠다.

밤거리가 무섭지 않았던 까닭은 불을 환하게 밝혀 놓은 편의점이 있기 때문이었다. 나는 쉽게 잠들지 못하는 저녁이면 편의점으로 가서 딱히 필요하지도 않은 물건을 사고 말끔하게 닦인 간이 테이블에서 느릿느릿 컵라면을 먹었다. 예고 없이 불쑥 찾아가도 밀쳐내지 않는 편의점은 착하고 다정한 벗이었다.

나는 하나뿐인 벗을 잃고 환한 어둠에 갇혔다. 달의 집 어딘가에 숨어 있는 살진 쥐와 마주칠까 봐 두려워한다. 달 아주머니의 긴 침묵을 견뎌내기 어렵다. 처음 마주쳤던 날 겁 많고 소심하고 정직하지 못한 내 정체를 단번에 꿰뚫어 보았으면서도 달 아주머니는 내색하지 않았을지도 모른다. 아버지는 내가 미루고 하지 못한 말을 초조하게 기다렸을 것이다.

나는 산 채로 지옥에 떨어졌다. 모두 죽었거나 사라진 세상에 홀로 남아 흐르지 않는 시간을 살아야 하는 무서운 형벌을 받고 있다. 어둠으로 꽉 찬 무한의 시간을 온몸으로 감당해야 하는 나는 한 걸음도 내디딜 자리가 없다. 축축하게 뭉쳐진 채로 역겨운 냄새를 풍기면서 썩어갈 따름이다.

주눅 들고 겁을 내며 살아온 시간에 대한 대가였다. 나는 두려움과 공포의 실체를 막연히 짐작하고 추측하고 넘겨짚었다. 외롭고 불안정한 감정을 들키고 싶지 않아서 타인의 눈을 정면으로 바라보지 못했고 아버지에게도 마음을 털어놓을 수 없었다. 나는 더 이상은 아무것도 잃을 것이 없다고 생각했다.

나는 모르는 도시 어딘가에 환하게 불을 밝혀 놓은 편의점으로 향한다. 먼 곳에 있는 편의점의 전경을 눈앞에 보고 있는 듯 생생하게 떠올릴 수 있다. 추운 날에 온기를 더운 날이면 땀을 식혀 주는 편의점은 점원의 눈치를 보지 않고 배를 채울 수 있는 위안의 공간이다.

달의 집에서 한 걸음도 밖으로 나갈 수 없다는 규칙을 잊고 나는 밝고 안온한 편의점 불빛을 더듬는다. 배가 고프다. 배가 고프다고 생각하자 참을 수 없을 만큼 배가 고프다. 배달 음식을 담아온 박스며 빈 용기가 어지럽게 널려 있는 달의 집에서 먹을 거라곤 냉장고에서 썩어가는 김치뿐이다. 달의 집에서 먹었던 수많은 음식들이 뒤죽박죽 머릿속으로 떠오른다. 달 아주머니와 머리를 맞대고 욕심껏 먹었던 기억이 허기를 자극하면서 괴롭혀댄다.

유리컵에 수돗물을 가득 받는다. 절반의 물을 마시고 유리컵 바닥에 가라앉은 구더기 한 마리를 발견한다. 나는 컵을 개수대에 던지고 구역질을 한다. 목구멍 깊숙이 손가락을 쑤셔 넣고 삼켰던 물을 억지로 토해낸다. 개수대에 쌓인 냄비와 밥그릇에서 구더기가 떼를 지어 꾸물거린다. 나는 한 번도 구더기를 보지 못했던 사람처럼 혐오감으로 몸을 떨면서 격렬하게 구역질을 해댄다.

물이 뚝뚝 떨어지는 옷을 입은 아이가 현관문 안쪽에

우두커니 서서 나를 바라본다. 나는 얼른 욕실에 걸려 있는 타월을 집어와 아이에게 건네준다. 몇 날 며칠 동안이나 방치돼 있었는지 알 수 없는 타월은 더럽고 냄새가 나지만 어쩔 수 없다.

아이는 꼼짝하지 않는다. 나는 먹을 음식이 없고 앉을 자리도 마땅치 않은 달의 집을 재빨리 둘러보면서 아이가 무슨 말이든 먼저 해주기를 기다린다. 몸집이 작지만 어쩌면 아이가 아닐 수도 있다. 아이는 8살이거나 18살이거나 100살이 넘었을지도 모른다.

내가 잠시 한눈을 파는 사이에 아이는 감쪽같이 사라지고 보이지 않는다. 아이가 서 있던 자리는 물이 흥건하고 작고 검은 발자국이 거실 바닥을 가로질러서 선명하게 찍혀 있다. 나는 거실을 두리번거리다가 구석진 자리에 웅크리고 누워 있는 아이를 발견하고 숨을 죽인다.

아이는 잠이 든 것 같다. 몸을 움츠리고 모로 누운 아이는 죽은 사람처럼 보인다. 나는 거실 바닥에 떨어져 있는 타월을 집어 아이의 젖은 몸 위에 덮어준다. 평생 젖은 채로 살아온 듯 시름겨운 아이의 얼굴이 어쩐지 낯설지 않다. 식탁 의자에서 넘어졌을 때 발바닥에 닿았던 축축하고 물컹한 감촉과 흐느끼는 울음소리를 떠올리면서 나는 움찔 몸을 떤다.

나는 어디에서 와서 어디로 가려고 하는지 알 수 없는 아이가 죽음 같은 잠에서 깨어나기를 기다린다. 아이가 잠을 깨도 해줄 수 있는 일이 없다. 구더기가 둥둥 떠다니는 수돗물 말고 먹을 게 없는 달의 집으로 찾아온 아이가 딱하고 마음 아프다. 아이는 어쩌면 내내 달의 집에 머물러 있었을지도 모른다.

창밖이 조용하고 달의 집은 공기의 흐름마저 정지한 듯 완벽하게 고요하다. 나는 젖은 몸으로 잠이 든 아이를 그대로 두고 식탁으로 가서 앉는다. 허기로 뒤틀린 위장이 잠잠해지고 시나브로 갈증이 사라진다. 나는 먹지도 마시지도 않고 내내 잠들어 있는 달 아주머니가 불현듯 잠을 깨고 일어나 내 이름을 불러주기를 기다린다.

방문은 빈틈없이 닫혀 있다. 달 아주머니가 잠을 깨기 전까지 방문을 열 수 없다. 나는 점점 더 고약해져 가는 냄새 때문에 구역질이 치밀지만 달아날 생각조차 하지 못한다.

식탁 위에 볼펜을 내려놓고 다시 아이 옆으로 다가가 모로 눕는다. 물의 아이다. 이름을 알지 못하는 아이를 그렇게 부르기로 한다. 나는 물에 젖은 차가운 뺨에 손을 얹고 아이에게 말을 건넨다. 두려웠냐고 묻는다. 얼마나 무서웠냐고 묻는다. 폭풍이 부는 어두운 바다를 얼마나 오랫동안 떠다녔는지 알고 싶다고 속삭인다. 나는 달의 집에서 아이가 떠돌아다녔던 바다를 보았다고 말한다. 들리지 않는 울음과 비명을 들었다고 털어놓는다.

아이가 대답하지 않아도 한숨과 비명을 들을 수 있다. 겁에 질린 얼굴과 눈물을 본다. 두려움으로 터져버릴 듯 거칠게 뛰는 심장 박동 소리를 듣는다. 아이와 함께 바다로 떠밀려 가는 수많은 아이들을 본다. 나는 젖은 아이의 몸을 끌어안고 다른 아이에게 손을 뻗는다. 형광등 불빛이 환한 달의 집 거실에서 나는 아이와 함께 밤새도록 어두운 바다를 떠돌아다닌다.

햇빛이 환한 거실에서 눈을 뜬다. 달 아주머니의 방은 문이 닫혀 있고 물의 아이는 어디로 갔는지 보이지 않는다. 나는 물의 아이가 머물렀다는 증표처럼 구석진 자리에 떨어져 있는 젖은 타월을 집어 욕실에 가져다 놓고 유리컵에 수돗물을 받는다. 비릿한 냄새가 역한 물을 단숨에 삼킨다. 꾸덕꾸덕 말라가는 씻지 않은 그릇과 닭 뼈, 돼지 뼈, 라면 찌꺼기를 담아 놓은 비닐봉지 주위로 구더기가 꿈틀거리면서 기어간다. 음식물 쓰레기를 먹고 살이 찐 구더기들이 사방에서 꼬물거린다. 달의 집은 구더기가 살기에 더할 나위 없이 좋은 장소다. 나는 한 마리 구더기가 되어 썩어가는 음식물 쓰레기더미 주변에서 꿈지럭거리는 구더기를 바라본다.

환한 빛 속에서 구더기는 쉼 없이 구물거린다. 베란다 창 너머에서 앞니 빠진 여자가 뜻 모를 말을 웅얼거린다. 달 아주머니는 문 닫힌 방 안에서 깊이 잠들고 물의 아이는 떠나고 없다. 나는 허기를 느낀다. 참을 수 없을 만큼 배가 고프다. 피자 상자에 눌어붙어 있는 빵조각을 손가락으로 떼어 입에 넣었다가 역겨운 맛과 냄새를 참지 못하고 허둥지둥 욕실로 달려간다. 목구멍 깊숙이 손가락을 찔러넣고 토악질해댄다. 침과 뒤섞인 빵조각 하나가 죽은 벌레의 사체처럼 변기 물 위로 둥둥 떠오른다.

나는 죽은 벌레들이 떠다니는 변기 안에 얼굴을 박고 마른 구역질을 한다. 곰팡이가 피고 썩은 음식으로 가득 찬 위장을 통째로 토해내고 싶어서 격렬하게 토악질을 해댄다. 부패한 음식물은 악착같이 위장에 달라붙어 요지부동이다. 나는 식도를 타고 올라온 더러운 액체를 변기에 뱉고 눈물이 어룽진 눈으로 벽을 응시한다. 지저분한 욕실 타일 벽 너머로 구더기처럼 느릿느릿 굼뜨게 걸어가고 있는 달 아주머니가 보인다. 달 아주머니는 온몸으로 땀을 흘리고 부끄러움으로 몸을 움츠리면서 한 걸음 한 걸음 힘겹게 발을 내디딘다.

나는 빈손으로 슈퍼마켓을 나와 달 아주머니를 뒤쫓는다. 곰처럼 거대한 몸으로 아슬아슬 걸음을 떼는 달 아주머니를 바라보면서 마음을 졸인다. 달 아주머니가 초등학생 무리에게 둘러싸여 손에 들린 식료품 봉지를 빼앗기는 순간 나는 고함을 치면서 아이들 중 하나의 목덜미를 낚아챈다. 나는 나를 놀리고 비웃고 조롱하는 사람들에게 대거리하지 못하는 겁쟁이였다. 누군가를 향해 고함을 치거나 화를 내거나 힘으로 맞선 적이 없었던 나는 난생처음 폭력을 행사하면서 으르렁거린다.

아이들이 사라진 텅 빈 골목에서 달 아주머니는 식료품이 담긴 비닐봉지를 천천히 집어 든다. 식빵과 가공식품 몇 가지를 사기 위해서 달 아주머니가 얼마나 오랫동안 망설이고 주저하다가 달의 집을 나왔을지 나는 알려고 하지 않았다. 전화를 걸면 친절하게 현관까지 배달 서비스를 받을 수 있는데도 거대한 밀가루 반죽 덩어리 같은 몸을 끌고 밖으로 나온 까닭이 있을 거라고 짐작하지 못했다. 나는 달 아주머니가 비웃음과 조롱을 담은 타인의 시선을 견딜 수 없을 거라고 멋대로 단정지었다.

달의 집 창문을 눈으로 가리키면서 그곳에 살고 있다고 달 아주머니가 말했을 때 나는 더 이상 떠돌지 않을 수 있게 되었다고 생각했다. 땀을 줄줄 흘리면서 식빵과 오렌지 주스를 정신없이 먹고 있는 달 아주머니를 바라보면서 사람들의 차가운 시선이 닿지 못하게 지켜주어야겠다고 마음먹었다. 나는 달 아주머니와 슬픔을 나눌 수 있는 사람이나 혼자뿐이라고 제멋대로 생각해버렸다.

달 아주머니의 희고 육중한 몸은 욕실 타일 벽 틈으로 사라지고 보이지 않는다. 나는 따듯하고 물렁한 달 아주머니의 젖가슴을 만졌던 손으로 차갑고 단단한 변기 가장자리를 부여잡고 흐느낀다. 아버지는 나에게 숨어 있으라고 했고 나는 달 아주머니를 걸을 수 없게 만들었다.

공이는 별 씨를 닮았어. 별 씨가 돌아올 때까지 나와 함께 있어 주겠니?

달 아주머니의 슬픈 목소리가 귓전을 맴돈다. 나는 억지로 몸을 일으켜 세우고 욕실 밖으로 나가 몇 날 며칠 동안 먹지 않고 잠에 빠져 있는 달 아주머니를 소리쳐 깨워야 한다고 스스로를 다그친다. 날이 밝으면 눈을 떠야 한다는 규칙을 완전히 망각하기 전에 잠을 깨워야 한다고 설득한다.

더 늦기 전에 방문을 열고 들어가서 달고 따듯한 젖을 주었던 달 아주머니 앞에 무릎을 꿇고 사죄해야 한다. 달 아주머니가 들려준 이야기가 거짓이거나 망상이라고 의심하면서 희고 물렁한 살덩어리를 경멸했던 나를 용서하지 말아야 한다.

달 아주머니는 배달 음식 광고 전단지와 옷장에서 쏟아져 나온 옷가지, 내가 벗어 놓은 옷으로 어지러운 방 안에 갇혔다. 방문을 굳게 닫은 사람은 나였다. 고약한 냄새를 견디지 못하고 방을 뛰쳐나온 나는 겁쟁이다.

나는 비겁하고 겁이 많은 데다 나약한 사람이다. 사망자도 실종자도 될 수 없는 투명 인간이다. 죽음을 믿지 못하고 자살을 시도했던 우스꽝스러운 아이이다. 달의 집 창 너머로 들려오는 앞니 빠진 여자의 중얼거리는 소리에 적대감을 느꼈던 한심하고 딱한 사람이다. 볼썽사나운 여자의 외모와 행동에 짜증을 내고 넌더리 쳤지만 행여 들킬까 무서워 전전긍긍했던 비굴하기 짝이 없는 존재이다.

변기 물을 내리고 일어선다. 물기 하나 없이 바짝 마른 욕실에서 휘청거리다가 간신히 몸을 바로 세운다. 위장

가득 쌓인 부패한 음식물 찌꺼기를 떠올리자 허기가 사라진다. 먹고 싶지 않다. 먹을 수 없다. 나는 곰팡이와 더껑이로 뒤덮이게 될 몸을 질질 끌면서 죽은 벌레가 나뒹굴고 구더기가 꼬물거리는 빛이 환한 거실로 나온다.

닫힌 방문 앞에 서서 주저하고 망설인다. 방문 손잡이에 손을 얹고 흐느낀다. 방 안에 갇혀 꼼짝하지 않는 달 아주머니가 무섭고 두려워서 고개를 내젓는다. 문을 열면 맞닥뜨리게 될 광경을 피하고 싶다. 나는 차마 볼 수 없다. 온전하지 않은 달 아주머니의 모습을 확인할 용기가 나지 않는다.

나는 뒷걸음질 치며 달아난다. 기신거리며 주방 식탁 쪽으로 걸어가다가 바닥에 주저앉는다. 나는 구더기다. 구더기가 되어 부질없고 허망한 글을 쓰면서 꾸물거린다. 선택의 여지가 없다. 사람은 읽을 수 없고 구더기조차 읽지 못하는 헛된 글쓰기에 매달려야 한다.

여태도 나는 살아 있는 존재이고 싶어서 몸부림친다. 신문지와 광고 전단지에 눌러 쓴 글은 내가 달의 집에 숨어 있다는 증거이다. 죽음을 두려워하면서 수없이 죽음을 시도한 기록이다. 달 아주머니에게 털어놓지 못한 비밀이다.

구더기 한 마리가 꿈틀거리며 온몸으로 글자를 쓴다.

아무도 읽어주지 않고 읽을 수 없는 글자를 쓰면서 헛되이 꿈지럭거린다.

거대한 파리 한 마리가 물의 아이가 누웠던 자리 위로 요란하게 날아오른다. 나는 젖은 몸으로 떠돌고 있는 물의 아이를 좇는다. 아이는 나와 달리 달의 집이 숨어 있기 적당한 장소가 아니라고 판단한 모양이다. 젖은 몸으로 찾아온 아이에게 깨끗하게 빨아 말려 놓은 타월 한 장 건네주지 못한 게으름을 탓하면서 나는 죽은 벌레와 오물로 더러운 자리에 쓰러져 눕는다.

손바닥에 닿았던 아이의 차고 단단한 뺨의 감촉이 생생하다. 살아 있는 사람이라고 느껴지지 않았던 서늘한 기운을 떠올리며 진저리친다. 나는 어딘가를 떠돌고 있을 수많은 물의 아이들을 기억해낸다. 구더기에 불과한 나는 젖은 몸으로 떠돌아다니는 아이들을 애도하고 장사(葬事) 지낼 수 없다. 깨끗하게 빨아 말린 타월 한 장 가지지 못한 나는 죽은 채로 끊임없이 되돌아오는 아이들을 마른 땅에 묻을 수 없다.

살지도 죽지도 않은 내가 할 수 있는 일이 아니다. 열여덟 봄에 시간이 멈춘 나에게 허락되지 않은 사명이다. 나는 차라리 물의 아이가 두 번 다시 달의 집으로 찾아오지 않기를 바란다. 달 아주머니는 깊이 잠들고 나는 겨우 꿈질거린다. 저녁이 되면 거실 형광등 불빛 아래 몸을 구부리고 앉아 흐느껴 울고 환한 햇빛에 고통을 느끼면서 눈을 뜰 뿐이다.

나는 이제 내 주검을 찾고자 하는 소망마저 단념해야 한다. 무너진 건물이나 교각 아래 널브러졌거나 바다로 흘러갔을 내 몸을 별 아저씨가 찾아줄 거라는 희망은 가뭇없이 사라진다. 찢기고 잘린 내 몸을 찾아 마른 땅에 누이고 눈물을 흘려줄 사람이 없다. 몸이 없는 나는 죽은 아이들을 위해 통곡하지 못한다.

별 아저씨는 재앙의 현장에 붙들려 있다. 달릴 수 없는 화물차에 몸을 싣고 J시에 붙박여 꼼짝하지 않는다. 항구에 도착하면 물건을 내릴 수 있지만 별 아저씨의 시간은 J시에서 멈춰 있다. 별 아저씨는 헛된 바람을 품고 달의 집으로 숨어든 나를 꾸짖는다. 죽음을 인정하고 받아들여야 한다고 단호한 목소리로 소리친다.

나는 슬픔으로 통곡하는 아버지를 생각하면서 눈물을 흘린다. 죽은 내가 아니라 슬퍼하는 아버지가 가슴 아파서 눈물이 흐른다. 나는 죽음을 인정하고 받아들여야 한다. 기습적으로 닥친 재난과 사고를 부정하거나 외면하지 말아야 한다. 나는 두려움과 고통으로 울부짖는 사람들 속에 있다. 3박 4일간의 단체 여행에서 스스로 열외되었을 리 없다. 여럿이 어울려야 하는 시간이 곤혹스러워도 무리에 끼고 싶은 마음 역시 간절했다.

내가 그곳에 있어도 아이들은 알아채지 못했다. 나는 말 한마디 하지 않고 조용히 앉아 전부 보고 들을 수 있었다. J시는 처음이었다. 아버지가 살고 있다는 이유만으로 한 번도 가본 적이 없는 M시가 낯설지 않았던 것처럼 목전에 두고 있는 J시 역시 특별한 의미로 각인될 거라고 예상했다. 3박 4일간의 여행을 마치고 집으로 돌아오면 J시는 머릿속 지명으로만 존재하는 수많은 도시와 결코 같을 수 없었다. 나는 조용히, 없는 사람처럼 버스 뒷자리에 앉아 차창 밖으로 밀려나는 풍광을 바라보았다. 편의점에서 사 온 삼각 김밥과 콜라가 가방에 있지만 꺼내 먹지 않았다. 이제 곧 J시로 통하는 톨게이트에 진입할 시각이었다.

전세 버스 앞 유리창 너머로 톨게이트 진입로가 나타났다. 노래하고 웃고 떠들던 아이들은 얌전하게 각자의 자리로 돌아가 앉았다. 고속도로를 달리는 내내 먹고 마시고 수다스럽게 떠들던 아이들은 지쳤는지 입을 다물었다. 핸들을 잡은 운전사와 앞자리에 앉은 담임선생님, 38명의 아이들

모두 정면을 응시했다. 혈기 왕성한 열여덟 살 아이들의 눈초리가 예사롭지 않았다.

아무 일 없이 톨게이트를 통과한 버스가 반듯하게 닦인 도로 위에서 술에 취한 사람처럼 비틀거렸다. 버스는 단단한 도로에서 휘청거리며 달렸다. 나는 비틀비틀 춤추는 버스 맨 끝 창가 자리에 하릴없이 붙들려 있었다. 교사 1명과 38명의 학생을 태운 버스가 재앙의 자리를 향해 달려가고 있었지만 차갑게 얼어붙은 나는 멈추라고 말할 수 없었다. 지나온 길로 되돌아나갈 수 없다고 내가 나에게 소리쳤다. 너는 거기에 없다고 수많은 내가 아우성쳤다. 나는 믿지 못했고 다가올 재난과 비극을 받아들일 수 없었다.

가장 먼저 톨게이트를 통과한 버스를 뒤따라서 같은 회사의 전세 버스 9대가 차례차례 죽음의 문으로 들어섰다. 들어가는 순간 영원히 되돌아나갈 수 없지만 버스에 탄 사람들은 알지 못했다. 전세 버스의 뒤를 바짝 따라오는 4.5톤 화물차를 본 순간 내가 외마디 비명을 내질렀지만 아무도 듣지 못했다. 화물차 운전석 높은 자리에 앉은 작고 여윈 남자는 별 아저씨였다. 아저씨는 내 짐작보다 더 작고 마른 데다 검고 윤기 없는 얼굴이 중늙은이 같았다. 달 아주머니가 간절한 마음으로 기다리는 별 아저씨를 보았지만 반갑지도 기쁘지도 않았다.

나는 이제 곧 재앙이 닥치면 처참한 죽음의 현장에서 구원의 손길을 바랄 수 없다는 무서운 사실을 알고 있는 유일한 사람이었다. 그 사람이 하필 눈앞에 있어도 눈여겨보는 사람이 없을 만큼 작고 무력한 나라는 사실에 절망했다. 나는 달리는 버스를 멈춰 세우지 못했다. 죽음을 멈추게 할 수 없었다. 별 아저씨에게 달 아주머니의 말을 전할 방법이 없었다.

나는 버스 차창에 뺨을 대고 흐느꼈다. 아무도 내 울음소리를 들을 수 없어서 절망하며 무너졌다. 봄날 환한 햇살과 눈부신 차창 밖 풍광은 죽음의 자리와 어울리지 않았다. 나는 가장 먼저 죽음의 자리로 뛰어들고 싶었다. 차고 단단한 땅이 갈라지고 우뚝 선 건물이 주저앉기 전에, 아이들이 내지르는 비명을 듣기 전에, 공포와 두려움에 질려 울음을 터뜨리는 아이들의 얼굴을 보기 전에 죽을 수 있기를 소원했다. 아직 죽음을 몰라도 좋은 열여덟 살 아이들이 산 채로 매장당하는 광경을 속수무책으로 바라보지 않을 수 있다면 무엇이든 할 수 있을 것 같았다.

살지도 죽지도 않은 나는 죽었거나 죽어가는 아이들을 바라보고 있어야 할 운명이었다. 내 주검을 찾아주기 바랐던 별 아저씨가 화물차와 함께 매장당하는 광경을 지켜보아야 했다. 눈을 감지도 귀를 닫을 수도 없었다. 환한 어둠 속에 뒤엉켜 두려움으로 떨면서 찢기고 굳어가는 몸을 넋 놓고 바라보아야 했다. 끔찍하고 고통스러운 벌이었다.

나는 별 아저씨의 숨이 조금이라도 빨리 끊어져서 충격과 고통으로 일그러진 얼굴이 무감각해지고 더 이상 아무것도 느낄 수 없기를 바랐다. 별 아저씨가 마지막 순간에 무엇을 떠올렸는지 알 수 없었다. 별 아저씨가 숨을 놓는 순간 나는 달 아주머니의 울음소리를 들었다. 달 아주머니는 길바닥에 서서 울고 있었다. 황망하게 집을 뛰쳐나와 어디로 가야 할지 누구를 만나서 어떻게 물어야 할지 모른 채 울음을 터뜨렸다. 사람들의 시선에 아랑곳하지 않고 육중한 몸을 떨면서 흐느꼈다.

오가는 사람들이 걸음을 멈추고 볼썽사납게 부푼 달 아주머니의 거대한 몸을 힐긋거리고 살피고 수군대고 손가락질했다. 희고 노랗고 붉은 꽃들이 만개한 거리와 전혀 어울리지 않는 거대한 여인의 살덩어리를 눈으로 더듬으면서 사람들은 천천히 멀어져 갔다. 나는 젖은 몸을 숨기고 서서 달 아주머니를 바라보았다. 30년 동안 고집스럽게 달의 집에 은둔하며 살았던 달 아주머니를 밖으로 뛰쳐나오게 만든

감당할 수 없는 슬픔과 고통이 내 몸속으로 고스란히 아프게 스며들었다. 달 아주머니는 신음하며 죽어가는 별 아저씨의 입에서 토막토막 끊어져 흘러나온 말을 하나도 놓치지 않았다. 갈가리 찢기고 훼손된 내 주검을 한 점도 빠뜨리지 않고 수습했던 아버지처럼 달 아주머니는 허공으로 흩어지는 말을 모아 온몸으로 받아 안았다. 하나의 문장이 되지 못한 별 아저씨의 말은 달 아주머니를 햇빛이 쏟아지는 봄의 거리로 내몰았고 타인의 시선에 아랑곳하지 않고 울게 만들었다.

두 사람이 함께한 30년의 생이 끝났음을 알리는 신호였다.

나는 어지러운 문장으로 꽉 찬 피자 상자를 바닥에 던지고 글자를 적을 수 있는 종이를 찾으려고 쓰레기가 널려 있는 거실을 두리번거린다. 폐지 줍는 노인처럼 몸을 구부리고 신중하게 쓰레기 더미를 뒤진다. 허기를 잊고 악취에 길들여진 나는 서두르지 않는다.

앞니 빠진 여자가 재활용 쓰레기통을 뒤지면서 콧노래를 부른다. 계절을 알 수 없는 별이 베란다 창가에 걸려 있다. 나는 환한 빛과 따듯한 온기에 멀미를 느끼면서 배달 음식 광고 전단지 몇 장을 집어 든다. 검은색 볼펜의 잉크가 남아 있는 동안 쓸 수 있다. 달 아주머니의 볼펜이다. 어쩌면 별 아저씨가 사용했던 볼펜인지도 모른다. 잉크가 전부 닳기 전까지 죽음을 잊고 문장을 써야 한다. 구더기처럼 잠시도 멈춰 있지 말고 손을 움직여야 한다.

달 아주머니와 함께 먹었던 돈가스가 실물보다 더 먹음직스럽게 보이는 전단지 뒷장에 여백이 있다. 음식 사진이 훌륭하게 찍혀 있지만 먹고 싶다는 마음은 생기지 않는다. 나는 쓰레기통 주위를 알짱거리면서 무언가를 우물거리는 앞니 빠진 여자가 좀 더 근사한 음식을 먹을 수 있기를 바란다. 여자는 달의 집에 숨어들어 구더기처럼 쓰고 있는 내 글을 읽으려고 기다려주는 유일한 사람이다. 짐짓 모른 척 콧노래를 부르고 터무니없이 큰 소리로 오가는 사람들을 향해 성을 내면서 주의 깊게 나를 살피고 있다.

따듯한 빛 아래 경망스럽게 움직이며 소음을 내는 여자가 있어서 나는 안심하고 글자를 쓴다. 달 아주머니의 긴 침묵을 견뎌내고 두려움을 잊는다. 달 아주머니는 나에게 들려주지 않은 말이 있다. 그 말을 차마 할 수 없어서 침묵을 선택했을 거라고 짐작한다. 나는 슬픔과 절망에 사로잡혀 버스 차창 밖으로 환하게 퍼지는 봄별을 보았다고 털어놓지 못했다. 내가 감추고 하지 못한 말이 있는 것을 알았을 텐데도 달 아주머니는 캐묻지 않았다.

별 아저씨의 작업복을 입고 거울 앞에 서서 미소 지었던 나는 구더기가 되어 글자를 쓴다. 별 아저씨의 주검을 찾아줄 수 없는 나는 절망에 빠져 써야 한다. 살지도 죽지도 않은 나는 구더기가 들끓는 달의 집 환한 빛 아래 고개를 숙이고 앉아 흐느낀다.

고통과 불안은 되풀이될 뿐 단련되지 않는다. 언제나 목구멍 가득 새로운 슬픔이 차오른다. 비릿한 냄새가 역겨운 수돗물 한 잔이 내 앞에 놓여 있다. 한 모금의 물이 바짝 마른 입술을 적시고 혓바늘이 돋아난 혀끝에 닿는다. 단단한 치아는 음식을 씹었던 기억을 시나브로 잊었다. 배고픔으로 뒤틀리던 위장은 텅 비어 오히려 편안하다. 한 모금의 물마저 단호히 거부한다면 나도 달 아주머니처럼 깊이 잠들 수 있다.

더듬더듬 느리게 글자를 눌러 쓴다. 화려하게 인쇄된 글자와 어울리지 않는 어눌한 언어는 소통이 불가능하다. 아무도 들을 수 없는 말을 중얼거리고 어깨를 들썩이면서 나는 침묵과 어둠의 시간을 견뎌낸다.

창밖이 어두워지기 전에 형광등을 켠다. 죽은 벌레는 여전히 죽은 채로 거실과 주방 바닥에 널브러져 있다. 나는 달 아주머니가 잠든 방 쪽으로 시선을 돌리지 않는다. 달 아주머니가 이름을 불러주지 않아도 이제 나는 아무렇지도 않다. 이름이 불리지 않는다고 투정 부릴 수 없다. 호명되지 않아도 나는 공이라는 이름을 놓치지 않았다. 나비처럼 봄날의 대기로 날아간 이름들을 기억한다.

나는 다정하게 이름을 불러주는 친구를 갖지 못했다. 아버지가 반대하는 고등학교에 진학했지만 결국 아버지와 닮은 삶을 살게 될 거라는 예감으로 주눅이 들어 지냈다. 착하고 성실하고 단순한 아버지의 삶에 저항했지만 스스로 보잘것없음을 확인했을 따름이다. 나는 38명 아이들의 이름을 기억하지 못한다. 교실에 있을 때도 아이들의 얼굴과 이름은 흐릿했다. 아직 4월이었다. 얼굴을 기억하고 이름을 외울 수 있는 시간이 충분할 거라고 생각했다. 단 한 명의 친구를 갖지 못한다고 해도 학기 말이 되기 전에 38명 아이들의 이름을 저절로 기억할 수 있었다.

식탁 위에 볼펜을 내려놓고 물의 아이가 누웠던 자리로 간다. 살점이 떨어지고 뭉개진 코와 입, 잘려 나간 손가락을 떠올리면서 나는 이름을 기억하겠다고 아이에게 말해준다. 아이의 얼굴을 찾아주고 마른 땅에 눕힐 수 있기를 소망한다. 몸을 잃어버린 아이들의 주검을 찾아내 고운 흙으로 덮어주고 나도 그 옆에 눕고 싶다.

나는 몸을 움츠리고 모로 눕는다. 별이 사라진 거실 바닥은 차고 딱딱하다.

공이는 아기구나. 그래, 아기여도 괜찮아. 내가 젖을 줄게.

달 아주머니의 다정한 목소리가 들려온다. 더는 먹지도 걷지도 젖을 줄 수도 없는 달 아주머니가 새삼 그립다. 두려움에 떠는 나를 안심시키려고 달 아주머니는 자신의 슬픔과 불안을 감추고 숨겼다. 나는 달 아주머니를 먹여주었다고 잘못 생각했다. 달 아주머니는 나를 먹이고 잠들게 해주었다. 30년 동안 달의 집에서 오로지 먹으면서 살을 불렸던, 세상에서 가장 뚱뚱한 달 아주머니는 더할 나위 없이 다정하고 사려 깊은 나의 친구였다.

달 아주머니는 깊은 잠에 빠지고 나는 잠들지 못한다.

나는 누에가 되고 싶다. 잠을 깰 때마다 허물을 벗고 입으로 실을 토해 고치를 만들어야 한다. 나를 품어줄 집을 짓고 그 속에서 잠들었다가 번데기가 되고 나방으로 변해 달의 집을 떠나는 상상을 한다. 304개의 고치를 지어 사라진 아이들의 몸을 누이고 그 아이들이 차례차례 나방이 되어 날아가는 모습을 떠올려 본다. 밤새도록 토해낸 실로 별 아저씨를 위해 고치를 지으면 세상에서 가장 커다란 고치를 짓기 위해 몇 날 며칠 동안 밤을 새워야 한다. 누구도 상상할 수 없는 크고 아늑한 고치에서 달 아주머니는 번데기가 되고 나방으로 변해 달의 집을 떠날 수 있다.

달 아주머니는 가볍게 높이 날아오른다. 30년을 살았던 달의 집이 눈앞에서 멀어지고 별 아저씨마저 기억에서 가뭇없이 지워진다. 달 아주머니는 꽃과 나무 잎사귀, 전신줄, 담벼락에 잠깐씩 내려앉았다가 다시 날아오른다. 어둠이 내린 거리에는 바람이 잔잔하게 분다. 사람들이 오가는 거리를 춤추듯 살랑살랑 날다가 달 아주머니가 교복을 입은 남자아이의 머리 위에 내려앉자 그 옆을 지나가던 키 작은 아이가 우뚝 걸음을 멈춘다. 아이는 달 아주머니가 어둠 속으로 날아가고 보이지 않을 때까지 한자리에 우두커니 서서 움직이지 않는다.

달 아주머니는 공이라는 이름을 가진 작고 겁 많은 아이를 기억하지 못한다. 그 아이에게 다정하게 말을 건네고 음식을 주고 불안한 잠에서 깰 때마다 젖을 물렸던 기억이 지워지고 없다. 걸음을 떼기 힘들 만큼 무거웠던 크고 둥근 몸을 상상하지 못한다. 누군가 30년 동안 스스로 갇혀서 오로지 먹기만 했던 여자가 있었다고 말한다면 달 아주머니는 깜짝 놀랄 것이다. 달 아주머니가 나를 기억하지 못한다고 해도 나는 괜찮다. 고통스러운 날들을 기억하는 사람은 나 하나만으로 충분하다. 친구로서 기꺼이 할 수 있는 일이다. 달 아주머니를 위해 내가 해줄 수 있는 유일한 배려다.

나는 고치가 필요한 사람들을 위해 쉼 없이 실을 뽑는다. 사람들의 눈에 띄지 않는 한없이 작고 초라한 내가 마땅히 해야 할 일이다. 나는 착하고 성실하고 단순하게 수백 개의 집을 만들 수 있다. 부정했던 것을 다시 부정할 수밖에 없다. 나는 착하고 성실하고 단순한 삶을 하찮게 여기고 멸시하면서 엄마와는 다르다고 자만하고 우쭐댔던 한심하고 딱한 사람이다. 그리움으로 차오른 마음을 억누르면서 들키지 않으려고 스스로를 속였던 어수룩한 아이다.

시간이 얼마만큼 흘렀는지 알 수 없다. 밤이 지나고 해가 떠오르기를 기다리면서 나는 수없이 고치를 지었다 허문다. 새로운 존재로 바뀌는 상상은 위안이 되지 않는다. 무겁게 내려오는 눈꺼풀을 억지로 밀어 올리면서 허물어진 고치를 바라본다. 애벌레와 번데기와 나방을 찾으려고 헛되이 두 눈을 깜빡인다. 울음을 그쳐도 할 수 있는 일이 없다고 절망하면서 열 개의 손가락으로 머리카락을 움켜잡는다.

나는 여전히 모르고 모른 채로 죽음마저 허용되지 않는 시간을 되풀이해 살고 있다.

살지도 죽지도 못하는 나는 불안과 죄책감으로 떨고 있다. 한 마리 구더기가 되었지만 두려움과 고통을 떨쳐낼 수 없다. 봄 햇살이 환한 도로와 거리를 뒤덮은 굉음과 절규, 처참하게 파괴된 도시를 달리는 버스에 나는 없다. 버스는 참사를 예상하지 못한 채 달렸고 내가 거기 없는데도 아랑곳하지 않고 달렸다. 재앙이 시작되는 순간을 떠올릴 때마다 10대의 전세 버스는 커다란 나방으로 변해 공중으로 날아오른다.

버스는 무너진 땅 위로 가뿐히 날아오른다.
커다란 날개를 활짝 펼치고 높이 날아간다.
그래야만 한다.

공포에 사로잡힌 아이들은 서로를 의지하고 위로하면서 절망에 빠지지 않으려고 애썼다. 거대한 기구를 타고 하늘을 나는 꿈을 꾸는 거라고 생각했다. 예정된 일정이 달라지고 어쩌면 단체 여행을 중도에서 포기하게 될지도 모르지만 조바심을 내지 않았다.

아이들은 차분하게 기다렸다.

동요하거나 짜증을 내면서 우왕좌왕하지 않았다.

잠자코 기다려야 했다.

꿈에서 깨면 전부 제자리로 돌아와 있을 거라고 믿으면서 기다리는 수밖에 없었다.

버스는 구조의 손길이 닿지 않는 재앙의 도시를 벗어나 항구까지 날아가야 했다. 무력한 나는 할 수 없는 일이었다. 고작 구더기가 되어 달의 집에 몸을 숨기고 있는 내가 할 수 있는 일이 아니었다.

나는 재앙이 벌어진 뒤 즉각 폐쇄되었던 도시 쪽으로 한 걸음도 내딛지 못했다. 그곳에서 어떤 일이 벌어졌는지 알 수 없었다. 재난의 땅에서 신음하는 생존자들의 목소리와 참화의 현장은 사람들의 기억에서 차츰 지워지고 멀어졌다. 아직 그곳에 구조를 기다리는 사람들이 있다고 절망적으로 외치는 이들은 매를 맞고 끌려가거나 손가락질을 당해야 했다.

나는 광장으로 뛰쳐나가지 못했다. 살아 숨 쉬는 모습으로 사람들 앞에 모습을 드러낼 수 없었다. 사람들의 눈에 띌까 봐 겁이 나서 죽은 것처럼 살아 있으라는 아버지의 말에 복종했다.

차가운 거실 바닥에 널브러진 몸이 딱딱하게 굳어 간다. 베란다 창 너머로 새벽빛이 차오른다. 나는 이제 곧 대기 위로 환하게 번질 따듯한 빛과 온기를 떠올리며 몸을 떤다.

앞니 빠진 여자의 노랫소리를 듣고 눈을 뜬다. 여자는 내가 한 번도 들어본 적 없는 노래를 흥얼거린다. 언제나 내가 모르는 노래를 부르는 여자는 100살을 훌쩍 넘긴 시름 깊은 노파 같다. 빛과 소음으로 가득 찬 골목에 여자가 있다. 여자는 노래를 부르고 게두덜거리고 재활용 쓰레기통을 뒤져 소음을 일으키면서 나를 깨우고 일어나 앉게 한다. 나는 짜증을 내거나 저항하지 않고 묵묵히 여자의 지시에 따라 움직인다.

유리컵에 수돗물을 받아 식탁으로 간다. 음식 사진이 컬러로 찍혀 있는 광고 전단지를 보자 구역질이 치민다. 나는 마른 구역질을 하면서 글자를 적을 수 있는 여백에 볼펜으로 쓰기 시작한다. 음식 사진이 훤히 비치는 구겨진 종이 위로 문장이 되지 못한 글자들이 꾸물거리며 기어간다. 시야가 흐려져서 글자를 읽기 어렵다. 나조차 읽을 수 없는 글자를 쓰기 위해 고꾸라지려고 하는 몸을 억지로 세우면서 이를 앙다문다.

울음을 멈추고 글자를 불러 모은다. 조각조각 흩어져 있는 단어를 찾아 제자리에 놓아주고 서툴게나마 문장을 만든다. 내가 소리 내 불러보지 못한 이름들이 차례차례 본래의 몸을 찾아가는 모습을 아프게 지켜본다. 이름을 되찾은 주검 위에 화려한 무덤을 만들거나 십자가를 세우지 말아야 한다. 사라진 이름들이 누에고치처럼 작고 소박한 집으로 하나둘 모여든다. 나는 넓고 평평한 벌판이 이름을 되찾은 주검으로 꽉 찰 때까지 글쓰기를 멈추지 말아야 한다.

나는 멈추지 않는다. 먹거나 잠들지 않고 숨 쉬는 것마저 잊고 사라져버린 이름들을 호명한다. 형식이 없는 글이다. 글이라고 할 수 없는 글이다. 세상의 어떤 사람도 쓴 적이 없고 쓰지 말았어야 할 글이다. 서툴게 적은 추도사는 빛 속에 서 있는 사람들에게로 가닿지 못한다. 달의 집에 몸을 숨기고 구더기가 되어 추도사를 쓰고 있는 내 모습은 여자 말고 아무도 볼 수 없다.

서툰 글쓰기가 끝나면 사라질 수 있다. 숨죽인 나를 찾아줄 술래가 없다. 술래는 숨은 아이를 찾아야 한다는 규칙을 잊고 숨었다는 사실마저 망각했다. 추도사를 쓸 수 있어서 다행이다. 숨지 않았다면, 술래가 찾아버렸다면 나는 사라진 이름을 부르지 못하고 그 이름 위에 내 이름을 얹을 수 없었을 것이다.

잉크가 다 떨어지기도 전에 기력이 다해 볼펜을 쥘 수 없을까 봐 두려워진다. 나는 유리컵을 손에 들고 천천히 물을 삼킨다. 비릿한 냄새를 맡지 못한다. 식도를 타고 내려간 물은 위가 아니라 심장을 적신 듯 마음이 차분해진다. 나는 닫힌 방문 쪽으로 향하는 시선을 거두지 않는다. 그 방에는 나의 유일한 벗인 달 아주머니가 잠들어 있다. 나는 아직 달 아주머니를 위해 추도사를 적지 않는다.

앞니 빠진 여자가 내는 소음에 귀를 열어둔 채 물을 한 모금 마시고 손가락 사이로 미끄러지는 볼펜을 고쳐 쥔다. 연모하는 이에게 바치려고 시를 쓰는 사람을 부러워하지 않았던 나는 어느 순간 시인의 마음을 이해할 수 있게 되었다. 사랑을 노래할 수 없는 내 언어가 참담해서 눈물이 흐른다. 멸시와 조롱, 경멸에 익숙한 나는 사랑한다고 말할 기회를 얻지 못했다. 서툰 언어로 추도사를 쓰게 되리라고 짐작하지 못했다.

내 이름을 부르는 목소리를 듣고 고개를 든다. 목소리는 가까운 곳에서 들려오다가 차츰 멀어진다. 잠시 사이를 두고 목소리가 허공을 가르면서 울려 퍼진다. 내 몸은 볼펜을 움켜쥐고 식탁에 엎드려 있다. 내 이름을 부르는 목소리가 들려오는 곳을 찾아 두리번거린다. 누군가 안타깝게 나를 부르고 있지만 내가 여기에 있다고 대답하지 못한다.

내 이름을 부르는 목소리는 한 사람이 아니다. 모르는 사람들이 언제부터 그토록 간절하게 내 이름을 불렀는지 알 수 없다. 계단을 올라가는 발걸음 소리가 들린다. 교실 책상에 놓인 시든 꽃이 치워지고 있다. 아직 꽃잎이 벌어지지 않은 흰 꽃을 손에 든 사람 하나가 내 책상 앞으로 천천히 다가간다. 먼 길을 걸어 온 듯 지치고 고단한 몸을 의자에 부려놓고 꽃을 든 두 손을 가지런히 모아 책상 위에 내려놓는다. 고개를 떨어뜨리고 내 이름을 중얼거리면서 흐느낀다.

나는 흰 꽃을 손에 쥐고 흐느끼는 사람이 안타깝다. 내가 여기 있다고 말할 수 없어서 답답하다. 나를 위해 울어주는 사람이 누구인지 알고 싶다. 들고나는 발걸음이 잦아들고 교실이 다시 적막해졌을 때 꽃을 쥔 사람은 고개를 든다. 국화꽃 한 송이를 책상 위에 놓고 가슴 앞으로 두 손을 마주 합친다. 손톱이 짧게 잘려 정갈하지만 손가락 마디가 굵고 손등이 트고 갈라진 거친 손이다. 조금 전까지 설거지통에 손을 담그고 온 듯 젖어 있다. 수십 명이 먹을 밥을 짓고 국과 찌개를 끓이고 생선을 튀기고 나물을 무치는 고단한 손이다. 아직 아이였던 내 작은 손을 잡아주었던 다정하고 그리운 손이다.

나는 너무도 익숙해서 낯선 그 사람을 호명하지 못하고 뒷걸음질 친다. 몸이 없는 내가 부끄러워 숨고 싶다. 11개의 숫자를 누르면 언제라도 목소리를 들을 수 있다고 철석같이 믿고 어물어물 시간을 흘려보냈던 나를 질책하면서 탄식한다.

엄마는 힘겹게 몸을 일으켜 세우고 텅 빈 교실을 찬찬히 둘러본다. 교실 어딘가에 숨어 있는 나를 찾으려는 듯 두리번거린다. 망설이고 주저하면서 엄마는 한참 동안 그대로 서 있다가 붉고 노랗고 파란 포스트잇이 빽빽하게 붙어 있는 칠판과 흰 꽃이 수북이 쌓여 있는 교탁이 있는 쪽으로 발맘발맘 걸음을 떼어 놓는다.

엄마는 교단 위로 올라가 포스트잇으로 꽉 찬 칠판을 바라보고 선다. 아이들의 이름이 빼곡하게 적힌 종이를 눈으로 더듬는다. 가을바람을 따라 떨어진 나뭇잎처럼 겹겹이 쌓인 붉고 노랗고 파란 짧은 편지 더미에서 용케도 내 이름을 찾아내고 눈물을 떨어뜨린다. 엄마가 오른손을 뻗어 내 이름을 정성껏 더듬어 만진다. 마디 굵은 손가락으로 글자를 어루만지면서 내 이름을 부른다.

트고 갈라진 거친 손바닥의 감촉이 고스란히 내 몸으로 전해진다. 슬프고 다정한 목소리가 젖은 채 떨고 있는 내 몸속으로 파고든다. 나는 부끄러운 마음을 떨쳐내고 엄마의 손바닥에 안긴다. 한없이 작아져서 시나브로 사라져버릴 가벼운 몸을 맡기고 편안하게 눈을 감는다. 작별 인사를 하고 떠날 수 있어서 안심이 된다. 엄마가 나를 잊지 않아서 다행이다.

39개 책상 위에 놓인 흰 꽃은 시들 겨를 없이 싱싱하다. 나는 외면하지 않고 꽃을 응시한다.

상수리나무 위로 날아

거실 형광등이 켜지지 않는다. 주방과 욕실, 베란다에도 불은 들어오지 않는다. 다급한 마음에 허둥지둥 가스레인지 점화 스위치를 눌러본다. 일렁이는 파란 불꽃을 기대하면서 거듭 스위치를 누르지만 허사다. 전기와 가스는 예고 없이 차단되었다. 누군가 숨어 있는 나와 달 아주머니를 쫓아내려고 야멸치게 전기와 가스를 끊어버렸다.

무엇을 어떻게 해야 할지 몰라 우두망찰하고 서서 주위를 두리번거린다. 떨리는 손으로 개수대를 더듬어 수도꼭지를 올리자 엉망진창으로 쌓인 그릇과 컵, 냄비 위로 차가운 물줄기가 쏟아진다. 손바닥으로 수돗물을 받아 입을 축이고 덥수룩한 머리카락을 더듬어 만진다.

수도꼭지에서 콸콸 물이 쏟아진다. 수도꼭지를 잠갔다가

다시 켜면 물이 나오지 않을까 봐 지레 겁을 먹는다.

탕 탕 탕

누군가 불쑥 현관문을 두드려 댄다.

낯선 사람이 찾아와 달의 집 현관문을 두드리는 해괴한 일이 벌어질 거라고 짐작조차 하지 못했다. 집을 잘못 찾아왔거나 장난을 치려고 소란을 피우는 것이 분명하지만 나는 겁에 질려 재빨리 수돗물을 잠그고 몸을 납죽 엎드린다.

쾅 쾅 쾅

잠깐 틈을 두고 다시 현관문 두드리는 소리가 들려온다. 일부러 빈 집을 찾아다니며 장난을 치는 사람이라면 대꾸하지 않는 편이 낫다. 나는 문밖에 있는 낯선 사람을 놀라게 만들고 싶지 않다. 죽은 내가 벌벌 떨고 있는 줄 알면 장난질을 하러 온 사람은 달아나지도 못하고 그 자리에서 까무러질 게 뻔하다.

거기 누구 있어요?

모르는 사람이 틀림없지만 목소리가 낯설지 않다. 낯설지 않은 목소리가 누구인지 알고 싶지 않다. 돌아가라고 소리쳐도 들릴 리 없다.

있으면 빨리 문을 열어요.

나는 주방 바닥에 쭈그리고 앉아 현관문 바깥에서 소리치는 사람이 사라져주기를 기다린다. 영역을 침범당할지도 모른다는 불길한 예감으로 몸을 떤다.

언제까지라도 달의 집에서 숨어 지낼 수 있을 거라고 생각했던 나는 어리석고 딱하다.

아무도 없어요?

현관문 손잡이를 비틀어 돌리는 소리가 들린다. 나는 손바닥으로 귀를 틀어막는다. 벌컥 문이 열리고 누군가 들이닥쳐 나를 잡아 끌어낼까 봐 두렵다. 달의 집에 숨어 있는 나를 끌어내기 위해 작정을 하고 찾아온 그 사람은 이웃들이 문밖으로 고개를 내밀 때까지 소리치면서 소동을 피울지도 모른다.

달 아주머니는 나를 지켜줄 수 없다. 내가 모르는 사람의 손에 끌려 나간다고 해도 닫힌 방에서 옴짝달싹 못 한다.

나는 달 아주머니를 원망하고 벼랑에 내몰린 처지를 비관하면서 숨을 죽인다.

쿵 쿵 쿵

현관문을 끈질기게 두드리면서 혼잣말하고 투덜거리고 길게 한숨을 내지르던 사람은 단념한 듯 운동화 끄는 소리와 함께 멀어져 간다. 나는 금방이라도 다시 요란하게 현관문 두드리는 소리가 들리고 벌컥 문이 열릴까 봐 두려워서 어둠 속에 웅크리고 꼼짝하지 않는다.

달의 집이 어둠과 침묵으로 너누룩해졌을 때 나는 기신거리며 고개를 든다. 현관 밖은 잠잠하다. 누군가 현관문을 두드리고 문을 열라고 소리쳤다는 사실을 믿을 수 없을 만큼 고요하다. 달 아주머니는 폭풍처럼 몰아친 소란에도 아랑곳없이 굳게 문이 닫힌 방 안에서 조용하다.

불쑥 현관문이 열리고 누군가 들이닥칠 것만 같아 가슴이 두근거린다. 예고 없이 쳐들어온 사람은 현관문을 두드렸던 기세로 곧장 달의 방 앞으로 걸어가서 문을 열어젖뜨릴 수 있다. 그 사람이 누구이며 무엇 때문에 찾아왔는지 알 수 없지만 나는 더 이상 달 아주머니를 더러운 방에 홀로 두면 안 된다고 마음을 고쳐먹는다.

나는 달 아주머니와 내가 이곳에 있다고 분명하게 대답해야 했다고 후회한다. 겁을 먹고 숨어버린 나를 탓하고 꾸짖는다. 현관문을 두드렸던 사람은 더껑이가 잔뜩 낀 채 냉장고에서 썩어가고 있는 배추김치를 담가주었던 별 아저씨의 엄마이거나 누이, 먼 친척일지도 모른다. 설사 달 아주머니를 모르는 낯선 사람이라고 하더라도 현관문을 열었어야 했다. 닫힌 방 안에 달 아주머니가 있다고 알렸어야 옳았다. 나는 이제 달 아주머니를 독차지할 수 없다는 사실을 순순히 인정해야 한다.

다시 현관문 두드리는 소리가 들리기를 기다린다. 내 이름이 불리기를 간절히 소망한다.

죽은 벌레와 구더기가 꿈틀거리는 달의 집이 어둠에 잠긴다.

축축하고 싸늘한 몸을 떨면서 두 팔을 엇갈려 양쪽 어깨를 감싸 안는다. 잠가 놓은 수도꼭지에서 뚝뚝 물 떨어지는 소리가 들린다. 개수대 턱을 타고 주방 바닥으로 물이 쏟아진다. 폭포처럼 거센 소리를 내지르면서 위협적으로 쏟아진다. 한 발자국만 앞으로 내디디면 벼랑이다. 이대로 버틴다고 해도 차오른 물에 쓸려가기는 마찬가지다.

내 몸은 꺾이고 부러져서 휩쓸려간다. 거침없이 떠내려간다. 잠시도 멈춰 있지 못하고 흘러간다. 거친 물살이 할퀴고 지나간다. 높은 파도를 따라 물마루에 올랐다가 널뛰기를 하면서 떨어진다. 바람이 불고 거센 빗줄기가 쏟아진다. 시커먼 어둠이 조각조각 부서진 몸을 집어삼킨다.

내 몸은 거실 바닥에 널린 쓰레기와 함께 물 위로 둥둥 떠오른다. 죽은 벌레와 구더기, 달의 방에 숨어 있는 쥐와 아직 잉크가 전부 닳지 않은 볼펜 한 자루가 검은 물결을 따라 출렁거리며 떠내려간다. 한 번도 빛이 닿지 않았던 바닷물은 거침없이 흐른다. 컴컴한 대기와 빈틈없이 검은 바다가 한 몸으로 포개져 잠시도 쉬지 않고 흘러간다. 나는 흘러가는 물살을 거스르지 못한다. 벌어진 입속으로 죽은 벌레와 구더기가 쏟아져 들어온다. 주검을 먹고 무거워진 몸은 바다 깊숙이 잠겼다가 떠오르고 다시 가라앉기를 반복한다.

세상은 온통 검은 물이다. 땅을 딛고 선 기억을 잃어버린 두 발은 거센 물결에 저항하지 못한다. 나는 인간의 아이가 아니라 물의 아이다. 두려움과 고통에 떠는 물의 아이다. 뼈와 살로 이루어진 왜소한 몸에 주눅 들어 살았던 한심한 아이다. 모두 사라진 뒤에야 그 아이들의 이름을 더듬거리며 부르는 슬픈 아이다.

이제 나는 발을 딛고 올라설 땅이 사라지고 없음을 분명하게 인지할 수 있다. 아무렇지 않게 걸었던 길과 다리가 위험천만하다는 비밀을 알고 있다. 사라진 사람들은 돌아오지 못하고 그들을 호명하며 추도사를 쓰는 일마저 부질없다.

나는 슬픔을 멈추고 고통에 길들어야 한다. 검은 바다를 떠돌며 죽음을 좇는 일을 멈춰야 한다.

아버지가 부서진 버스와 무너진 땅을 뒤지고 파헤쳐서 찢기고 조각난 주검을 거두어주었지만 나는 속절없이 흩어져 거친 물살에 떠밀려 가고 있다. 사랑하지만 닮고 싶어하지 않았던 내 마음을 아버지는 진작 알았을 것이다.

나는 거듭 죽음을 시도했던 어리석은 아이다. 젖은 땅에 묻혔거나 바다로 떠밀려 간 아이들을 두고 혼자 집으로 돌아온 무모한 아이다. 나는 물에 젖은 신을 끌면서 골목길을 걷고 길바닥에 서서 울고 있는 달 아주머니의 눈물로 얼룩진 얼굴을 훔쳐보면서 슬픔에 잠겼다. 세상에서 가장 슬픈 얼굴로 소리 내 울었던 달 아주머니의 모습을 마음에서 떨쳐내지 못하고 달의 집으로 숨어들어 따듯한 젖가슴에 얼굴을 묻고 위로받으려고 했다. 달 아주머니의 발톱을 깎아주고 먹을거리를 챙겨준다는 핑계를 대고 달의 집에 머물러 있었다.

친구들은 모두 어디에 있느냐고 달 아주머니가 물었을 때 나는 모른다고 대답했다. 겁에 질려 떨면서 모른다고 했다. 어디로 갔는지 모른다고, 그냥 사라져버렸고 찾을 수 없다고 둘러댔다. 달 아주머니가 식빵과 오렌지주스를 먹으라고 했지만 나는 배를 채우기보다 따듯한 살에 얼굴을 묻고 싶었다. 온기를 느낄 수 있는 달 아주머니의 두 발을 어루만지고 입을 맞추고 싶어서 조바심쳤다.

나는 물의 자리로 돌아갈 수 없었다. 끔찍한 추위와 공포를 다시 겪고 싶지 않았다. 아이들의 손을 놓쳤던 기억을 떨치고 두려움과 고통에서 멀어질 수 있기를 바라면서 달 아주머니에게 매달렸다.

친구들을 어디에 두고 혼자 돌아왔느냐고 달 아주머니가 다시 물을까 봐 겁이 났다. 왜 공이만 혼자 돌아왔니? 친구들은 지금 어디에 있는 거야? 달 아주머니가 물으면 나는 떠날 수밖에 없었다. 대답할 수 없는 나는 다시 추운 거리를 떠돌며 돌아갈 수 없는 길을 헤매야 했다.

달 아주머니는 아무것도 캐묻지 않고 내 잘못이 아니라고 말해주었다. 울어도 된다고, 참지 말고 실컷 울라고 다독여 주었다. 나는 달 아주머니 말에 안심하고 울었지만 죄책감은 떨치지 못했다.

나는 종이와 볼펜 한 자루를 찾아내 달 아주머니에게 차마 할 수 없었던 말을 적기 시작했다. 분명하게 기억나지 않는 아이들의 이름을 차근차근 떠올리려고 애쓰면서 글자를 썼고 상처 난 몸을 끌고 달의 집으로 숨어든 나처럼 아이들도 어딘가에 숨어 있기를 바랐다.

달 아주머니는 추위와 배고픔에 떨고 있는 나를 가여워했다. 내가 감추고 덮으려고 하는 것을 캐묻지 않고 어디로 돌아가야 하는지 스스로 알아채기를 참을성 있게 기다려주었다.

수도꼭지에서 물 떨어지는 소리를 들으면서 나는 어둠과 한 덩어리가 된다. 배가 고프지도 목이 마르지도 않다. 어둠 속에 빈껍데기처럼 널브러져 있는 젖은 몸을 응시한다. 두려움이 사라지면 떠날 수 있을 것 같다. 이제 써야 할 글이 없다. 달의 집에 숨어 종이 위에 눌러 쓴 글자들은 오물에 섞여 태워지고 사라져야 한다.

개수대에 수북한 씻지 않은 그릇과 터진 비닐봉지 틈으로 새어 나온 음식물 쓰레기, 배달 음식 광고 전단지 몇 장과 볼펜이 놓인 식탁, 죽은 벌레와 쓰레기가 널려 있는 거실 바닥, 굳게 닫힌 달의 방 나무 문짝을 차례차례 눈에 담고 베란다 쪽으로 시선을 돌린다. 골목은 어둡고 조용하다. 나는 날이 밝을 때까지 앞니 빠진 여자가 깊이 잠들어 있기를 바란다. 햇살이 환한 초등학교 운동장에서 뛰어노는 아이들의 모습이 보고 싶어서 가슴이 저려온다. 수업 시간을 알리는 차임벨 소리와 골목을 오가는 사람들의 발걸음 소리, 날짱거리는 고양이가 그리워진다.

이제 나는 어둠 속에 덩어리처럼 놓인 몸이 슬프지 않다. 흠뻑 젖은 무거운 몸을 내려놓자 무서움이 사라진다. 빛이 쏟아지는 거리를 걸을 수 없다고 생각해도 눈물이 나오지 않는다. 나는 달의 집을 떠나야 한다고 생각하면서 베란다로 걸어간다. 녹이 슨 차가운 쇠 난간에 두 손을 얹는다. 불빛이 없어도 볼 수 있다. 골목 왼편으로 걸어 나가 길을 건너면 학교 정문이 나온다. 내가 다녔던 E고등학교는 왕복 2차선 차도를 사이에 두고 초등학교 정문과 마주 보고 있다. 집을 나와 걸으면 고작 5분밖에 걸리지 않는 거리지만 아침이면 지각을 할까 봐 서두르지 않았던 날이 없다.

잿빛 교복 바지 위에 흰색 셔츠와 잿빛 조끼, 재킷을 입은 아이들이 골목길을 걸어 횡단보도 쪽으로 걸어가고 있다. 4월의 아침 날씨는 춥지도 따듯하지도 않다. 나는 빠른 걸음으로 길을 건넌다. 눈앞에 교복 치마를 입은 여학생이 보이면 황급히 눈길을 돌린다. 담임선생님과 반 아이들은 내가 혼자 잠들었다 깨고 편의점에서 자주 컵라면과 도시락을 사 먹는 줄 알지 못한다. 아이들의 학교 밖 생활을 모르기는 나 역시 마찬가지다.

교문을 들어서면 한달음에 내 자리까지 뛰어 올라간다. 39명의 아이들 중 나는 39번째 아이다. 나는 손바닥으로 턱을 괴고 축구 골대가 보이는 창가 자리에 앉아 있다. 담임선생님이 아침 조회 시간에 나누어준 단체 여행 참가 신청서 한 장이 내 책상 위에 놓여 있다. 3박 4일 동안 J시에서 2학년 전체가 함께할 여행 일정과 급식 메뉴, 참가비가 적힌 종이를 슬쩍 쳐다보고 나는 창 너머로 시선을 돌린다.

나는 아직 결정을 하지 못한 듯싶다. 점심시간이 끝나고 오후 수업이 시작되도록 참가 신청서에 이름을 적지 않는다. 망설이고 주저하는 내가 안타깝다. 교실에서 내내 침묵하는 내가 답답하고 마음이 아프다. 담임선생님이 종례를 마치고 나가자 나는 신청서를 작성해서 가방에 넣는다. 교실을 나서는 발걸음이 무겁다. 골똘히 깊은 생각에 잠긴 얼굴이 딱하다. 복도를 지나 계단을 내려가다가 운동장에서 공을 차는 아이들이 내지르는 함성을 듣는다. 나는 현관 밖으로 뛰어나가 골키퍼가 지키고 있는 골대를 바라본다. 운동장 양쪽으로 하나씩 놓인 골대는 눈으로 감상하라고 세워져 있는 장식품이 아니다. 나는 거침없이 공을 몰아 단숨에 골대를 향해 날리는 상상을 하면서 교문 밖으로 뛰어나간다.

쇠 난간을 잡고 있는 손이 저려온다. 몸이 없는데도 나는 몸의 고통을 기억한다. 손을 놓고 난간에서 한 걸음 물러선다. 39송이 흰 꽃이 책상마다 놓인 교실은 달의 방처럼 빈틈없이 닫혀 있다. 꽃을 보러 오는 사람이 없다. 시들어야 할 때를 놓친 꽃은 여태도 싱싱하다. 교실을 꽉 채운 꽃향기를 맡자 현기증이 난다. 나는 나방이 되어 날아갔던 그 날처럼 몸을 잃어버린 아이들을 호명하는 글자로 빽빽한 칠판을 응시한다.

나는 뒤돌아서서 달의 집을 바라본다. 어둠과 정적으로 꽉 찬 달의 집은 내가 오랫동안 살았던 곳인 듯 정답다. 닫힌 방문을 열면 달 아주머니의 모난 데 없이 둥근 얼굴을 볼 수 있다.

공이는 아기구나. 그래, 아기여도 괜찮아.

그 말을 듣고 안심했던 순간이 떠오른다. 아무 잘못이 없다는 말을 듣고 흘렸던 눈물을 기억한다. 나는 달 아주머니가 삼킨 한숨과 눈물을 짐작하지 못한다. 달 아주머니는 내가 성장할 수 없다는 비밀을 알면서도 젖을 주어 달래고 스스로 떠나기를 기다렸다. 죽음이 두려워 거듭 죽음을 시도하는 나를 지켜보면서 행여 별 아저씨가 나처럼 떠돌고 있을까 봐 두려워했다.

달 아주머니가 벌써 여러 차례 작별 인사를 건넸지만 짐짓 딴청을 피우고 모른 척했다. 나는 듣고 싶은 말만

들으려고 했다. 언제까지라도 달 아주머니가 웃는 얼굴로 내 옆에 있어 주기를 바랐다.

나는 쓰레기와 숨 막히는 냄새로 꽉 찬 달의 집에서 머뭇거리며 떠나지 못한다. 어둠이 남아 있을 때 떠나야 한다. 나를 잠들지 못하게 했던 불안과 고통이 시나브로 사라지기를 바란다. 발밑이 꺼지는 악몽은 헛것이다. 살고자 하는 욕망이 죽음을 되풀이해서 시도하게 만들었다. 나는 이제 묵묵히 죽음을 받아들여야 한다. 끊임없이 되살아오는 죽음이 아니라 열여덟 봄날에 멈춰버린 내 삶에 마침표를 찍어야 한다. 달 아주머니가 베풀어준 사랑과 위로에 감사를 전하고 돌아가야 한다.

몸이 없는 나는 차갑고 어두운 대기 위로 가볍게 떠올라 연기처럼 흩어질 수 있다. 잠시 깃들어 있을 누에고치는 필요하지 않다. 본래 없었던 양 자취를 감추고 어둠과 하나가 되어야 한다. 그토록 두려워했던 어둠은 내 몸이고 심장이고 목소리이다. 나는 몸이 있었던 자리를 더듬으면서 침묵의 소리에 귀를 기울인다. 아주 잠깐이라도 따듯한 살에 손을 얹고 싶다.

우물쭈물하는 사이에 어둠이 조금씩 걷히기 시작한다. 식탁과 주방 싱크대, 굳게 닫힌 방문, 바닥에 널린 쓰레기의 윤곽이 분명하게 드러났을 때 거실 구석진 자리에 웅크리고 누운 작고 앙상하게 마른 아이의 몸이 눈에 띈다. 아이가 언제부터 거기에 있었는지 알 수 없다. 입이 없는 나는 아이에게 다가가 말을 걸려고 하다가 멈칫거린다. 죽지도 살지도 않은 아이다. 젖은 몸으로 고집스럽게 삶도 죽음도 아닌 시간을 방황했던 나처럼 아이는 제가 떠나야 하는 줄 알지 못한다.

해가 뜨면 더 이상 달의 집에 머물러 있을 수 없다고 아이에게 말해야 한다. 깨끗한 타월 한 장 걸리지 않은 달의 집은 이제 곧 텅 비고 달 아주머니가 살았던 흔적이 사라지고 사람들의 기억에서 지워지게 될 거라고 알려주어야 한다. 나는 달 아주머니의 30년 세월을 함부로 지껄일 수 없다. 달 아주머니의 삶을 넘겨짚거나 제멋대로 해석하지 말아야 한다. 달의 방 침대에서 길고 깊은 잠에 빠진 달 아주머니는 거짓도 후회도 없이 충실하게 한 생을 살아낸 나의 유일한 친구이다.

나는 봄날 아침에 떠났다가 여행을 마치지 못하고 돌아온 물의 아이를 배웅해야 한다. 뭉그적거리면서 떠나지 못하는 나를 매섭게 몰아붙인다. 생애 첫 여행이 그토록 길고 지지부진하게 계속될 거라고 아이도 나도 알지 못했다. 재미없고 고단하기만 했다고 투덜거리면서 무사히 집으로 돌아올 수 있었다면 나는 달 아주머니와 별 아저씨가 이 세상에 존재하는 줄도 모른 채 아침이면 세탁이 안 된 셔츠를 급하게 꿰어 입고 서둘러 집을 나와 골목과 횡단보도를 지나 교문으로 뛰어 들어갔을 터였다.

이제 곧 환하게 떠오를 빛이 두려워 조바심을 내면서 나는 물의 아이의 곁으로 다가간다. 아이의 젖은 몸에 내 몸을 기울이고 이제 떠나야 한다고 속삭인다. 아이가 눈동자 없는 눈으로 나를 쳐다본다. 먼 곳에서 달의 집 쪽을 향해 몰려오는 발걸음 소리가 들린다. 밝아올 빛을 무기 삼아 폭풍처럼 달려들 기세다. 나는 이제 한시도 달의 집에 머물러 있을 수 없다고 아이에게 털어놓는다. 아이는 두려워하면서 내 말을 듣는다.

나는 공기가 맑은 땅으로 아이를 떠나보내야 한다. 아이가 내 몸을 파고든다. 내가 곁에 있는 줄 용케도 알아차리고 젖은 몸을 떨면서 떨어지지 않으려고 한다. 아이는 내가 저를 지켜줄 거라고 믿고 있는 듯하다. 해를 끼치지 않을 거라고 믿고 싶어 한다. 몸이 없는 나에게 스며들어 온기를 느끼려고 한다. 저벅저벅, 발걸음 소리가 점점 크고 또렷하게 들린다. 한 사람이 아니다. 망설이지 않고 힘 있게 내딛는 걸음걸음이 죽음의 자리를 향해 곧장 달려오고 있다. 아이는 요지부동이다. 내가 달의 집에서 그랬듯 아이는 바깥에서 들려오는 소리에 귀를 닫고 제가 살아 있지 않다는 냉혹한 사실을 믿으려고 하지 않는다. 나는 다시 아이를 놓칠까 봐 조바심이 난다. 아이가 어둠의 자리를 찾아 끊임없이 떠돌아다닐까 봐 지레 겁을 먹는다.

아이가 울음을 터뜨린다. 눈과 입이 없는 아이는 서럽게 몸을 떨면서 눈물을 흘린다. 달의 집에 숨어 은밀하게 아프지 않게 죽기를 소원하며 밤마다 흐느껴 울었던 나처럼 아이는 자신의 죽음을 믿지 못하고 고개를 가로젓는다. 내 눈에서 흘러내린 눈물이 아이의 뺨을 적신다. 아이의 검은 입에 젖을 물려주고 싶다. 차고 거센 물살에 쓸려 다니고 있을 아이의 주검을 찾아 마른 땅에 누이고 그 앞에 무릎을 꿇을 수 있기를 바란다. 나는 아이의 검은 몸을 안고 다시 속삭인다. 이제 더는 죽지 않을 거라고 단호한 목소리로 일러준다. 죽음을 받아들이고 달의 집을 떠나면 어디에도 깃들지 말라고 간청한다. 꽃도 나무도 바람도 되지 말라고 간절한 마음으로 빌어준다.

꽃도 나무도 바람도 돌멩이도 되지 말고 세상에 존재하는 작고 하찮은 무엇에도 깃들지 않기를 기도한다. 슬픔의 시간이 되풀이되지 않도록 잘라내야 한다. 고작 한순간을 살았을 뿐인 아이는 무한의 시간 속으로 돌아가야 한다. 아무 의심 없이 두 발을 내디뎠던 땅 위의 시간을 잊고 계절에 따라 다른 감촉으로 와 닿았던 바람과 공기의 기억을 지워야 한다. 나는 아이가 끝낼 수 없었던 여행에 대한 미련을 거두고 불안과 공포에서 놓여나기를 바란다.

아이는 축 늘어진 몸을 나에게 맡기고 울음을 그친다. 내 말을 의심하지 않는다. 추위와 공포에 떨지 않아도 된다는 말을 듣고 안심하는 듯하다. 무겁고 아픈 몸을 끌어안고 떠날 수 없다는 내 말을 알아듣는다. 체념한 듯 묵묵히 내 말에 귀를 기울였지만 벼락같은 제 죽음을 온전히 받아들이지는 못한다. 내가 알지 못하는 죽음을 아이에게 설명할 수 없다. 내가 납득할 수 없는 죽음을 아이에게 이해시키지 못한다.

폐쇄된 도시에서 얼마나 많은 사람이 산 채로 매장되었는지 나는 알지 못한다. 파괴된 도시에 가득 찼던 울음소리를 외면하고 주검을 방치한 까닭이 무엇인지 알 수 없다. 그때도 지금도 나는 모른다. 나는 죽음을 부정하고 별 아저씨가 달의 집으로 돌아오기를 고대했다. 별 아저씨라면 내 주검을 찾아줄 수 있을 거라고 헛된 희망에 붙들려 있었다. 내

뼈와 살을 찾아 제자리에 놓아주고 통곡하는 아버지를 보았지만 꿈이라고 생각했다. 뜨거운 불에 태워져 재가 된 몸을 단념하지 못하고 고집스럽게 끌고 다녔다.

나보다 더 작고 앙상하게 마른 아이가 가여워서 눈물이 흐른다. 여태도 검은 바다를 떠돌고 있는 제 주검을 버려두고 떠나야 하는 아이를 어떻게 위로해야 할지 알지 못한다. 달 아주머니가 삼킨 눈물이 내 눈에서 흘러내린다. 달 아주머니가 참아냈던 깊은 한숨이 내 입에서 터져 나온다. 나는 달 아주머니에게 차마 하지 못한 말을 아이에게 털어놓는다. 죽은 나는 온기를 나누어줄 수 없다고 고백한다. 허기를 달래줄 수도 잠시나마 내 몸에 깃들게 하지도 못한다고 울먹이면서 말한다.

나는 눈물을 거두고 아이에게 두려워하지 말라고 말한다. 함께 떠나자고 손을 내민다. 돌아올 수 없는 길을 떠나야 한다고 다독인다.

눈동자 없는 눈으로 나를 바라보면서 아이는 천천히 고개를 끄덕인다. 엄마가 들려주는 말을 전부 이해하지 못해도 그렇게 할 수밖에 없다는 표정을 짓고 나를 응시한다. 아이는 어리석은 나와 달리 고집을 부리거나 떼를 쓰지 않는다. 난폭하게 굴거나 흥분해서 저항하지 않는다. 죽음을 믿지 못해 거듭 죽음을 시도했던 나와 달리 순순히 내 말에 따른다.

꽃도 나무도 바람도 돌멩이도 되지 마라.

나는 주문을 외듯 중얼거린다.

베란다 창 너머로 날이 환하게 밝는다.

쿵쿵쿵

골목을 지나 다세대 주택 계단을 걸어 올라오는 발걸음 소리가 들려온다.

아이는 나에게 젖은 몸을 기대고 숨을 죽인다. 계절을 알 수 없는 하늘에 떠오른 눈부신 빛에 놀라 나는 아이의 젖은 몸을 감싸 안는다. 아이는 고작 7살이다. 18년의 생을 반추하며 머뭇거렸던 나는 7살 아이를 안고 목이 멘다. 달 아주머니의 젖가슴에 얼굴을 묻고 실컷 소리 내 울었던 나는 찰나 같은 아이의 생을 안타까워한다.

현관문 바깥에서 웅성거리는 소리와 함께 귀에 익은 여자의 음성이 들린다. 나는 아이를 그러안고 구석진 자리에 엎드린다. 빛과 소음에 갇혀 숨을 죽인다.

여자는 평소와 달리 콧노래를 흥얼거리거나 누구랄 것도 없이 욕설을 내뱉거나 투덜거리면서 혼잣말을 하지 않는다. 흥분한 목소리로 여자는 누군가를 향해 빨리 문을 열라고 다그친다.

쾅쾅쾅

계십니까?

중년 남자가 소리친다.

쾅쾅쾅

안에 아무도 없습니까?

남자는 참을성 있게 묻고 전기요금 체납에 따라 전기 공급 제한 예정을 알리는 한국전력공사의 계고장과 광고 전단지가 겹겹이 나붙은 현관문을 주먹 쥔 손으로 두드린다.

여자는 현관문을 부수고 들어가야 한다고 단호한 목소리로 말한다. 해가 떠서 질 때까지 달의 집 주변을 어슬렁거리며 시간을 보냈던 여자는 낯선 사람들을 향해 자신이 그동안 주의 깊게 보고 살폈던 일들을 막힘없이 쏟아내면서 점점 더 참을 수 없을 만큼 고약해지는 냄새를 그대로 방치하면 안 된다고 흥분해서 소리친다.

걸쇠가 채워지지 않은 현관문은 도구를 이용해서 열 수 있다. 여자는 입을 다물고 사람들이 일사불란하게 움직인다. 베란다 너머로 웅성거리는 소리가 들려온다. 골목을 오가는 사람들이 걸음을 멈추고 다세대 주택 계단 쪽으로 모여들기 시작한다. 열려 있는 달의 집 베란다 창으로 뜨거운 빛이 쏟아져 들어온다. 춥고 어두웠던 지난밤에 대한 보상이라도 하려는 양 강렬하게 이글거리면서 금세라도 태워 삼킬 기세로 몰아친다.

두려움과 호기심으로 수런거리는 사람들 틈에 서서 여자는 불안하게 두 눈을 희번덕거린다. 이제 곧 현관문이 열리면 사람들이 상상할 수 없을 만큼 더러운 집 안에 방치된 뚱뚱한 여자의 처참한 주검을 보게 될 거라고 확신하면서 앞니 하나가 빠진 입을 앙다문다. 덜컥, 현관문이 떠밀리면서 열린다. 무전기와 공구를 손에 쥔 남자들이 달의 집 안으로 쳐들어온다. 남자들은 신발을 벗지 않고 거실을 가로질러 곧장 달의 방으로 진입한다. 두 손바닥을 포개 코와 입을 틀어막고 집 안으로 들어온 여자는 쓰레기가 널린 거실과 씻지 않은 그릇들이 어지럽게 쌓여 있는 주방, 배달 음식 광고 전단지가 흩어진 식탁을 재빨리 둘러보고 문이 활짝 열린 달의 방 쪽으로 고개를 돌린다. 여자의 입에서 한숨 섞인 비명이 터져 나온다. 카메라 플래시가 터진다. 경찰 제복을 입은 남자 하나가 휴대전화를 꺼내 어디론가 전화를 건다. 카메라는 거실과 주방에도 플래시를 터트린다.

남자들은 거실에 우두망찰하고 서 있는 키 작은 여자를 잊은 듯 재바르게 움직이면서 달의 집을 기웃거리는 사람들을 통제한다. 골목을 오가는 사람들이 걸음을 멈추고 웅성거린다. 구급차 사이렌 소리가 요란하게 울린다. 여자는 터져 나오려는 울음을 참으면서 고개를 내젓는다. 경찰 제복을 입은 남자가 거실로 나와 여자에게 다가간다. 남자가 무언가를 묻고 여자는 모른다고 대답한다. 남자는 재차 물으면서 노란색 끈으로 묶은 2G 휴대전화 단말기가 짧고 굵은 목에 걸려 있는 앞니 하나가 빠진 여자의 몸을 짯짯이 살핀다.

흰색 마스크와 장갑을 착용한 119구급대원들이 대형 들것을 들고 들이닥친다. 구급대원들은 당황하거나 서두르지 않고 절도 있게 움직인다. 경찰 제복을 입은 남자가 달의 방 화장대에 놓인 배터리가 방전된 휴대전화를 집어 비닐백에 담는다. 손수건으로 코와 입을 틀어막으면서 남자는 화장대 서랍을 차례차례 여닫고 옷더미가 쏟아져 나온 장롱을 살핀다. 경찰과 구급대원이 제지하지 않아도 여자는 방으로 들어가지 않는다. 형용할 수 없는 악취로 머리가 지끈거리고 구역질이 치밀지만 여자는 참을성 있게 한자리에 버티고 서 있다.

구급대원 두 명이 감청색 바디백 지퍼를 열어 놓고 추깃물과 구더기가 우글거리는 침대로 다가간다. 산처럼 무겁고 거대한 여인의 몸은 표준 체형에 맞춰 제작된 바디백에 담을 수 없다. 잠시 소란이 인다. 여인의 몸을 담을 만한 바디백이 있을 리 없다. 바디백은커녕 장례식장 안치실 냉장고에도 들어가기 어려울 듯싶다. 기괴하고 난감한 죽음이다. 숨을 참을 수도 내쉴 수도 없는 달의 방에서 낯선 남자들은 명쾌한 답을 구하지 못하고 허둥거린다.

잘라버려요.

여자가 소리친다.

그걸 잘라서 …….

여자는 지휘관처럼 확신에 찬 목소리로 재촉한다.

구급대원 여러 명이 달려들어 뻣뻣하게 굳은 여인의 팔과 다리를 붙잡고 바디백을 몇 개 겹쳐서 펼쳐 놓은 바닥으로 힘겹게 끌어 내린다. 바디백은 바디 깔개가 된다. 깔개 자락을 붙잡고 대형 들것으로 옮기는 과정 역시 쉽지 않다. 구급대원 한 명이 방수포 두 장을 펼쳐 들것에 실린 여인의 몸 위로 덮어씌운다.

구급대원들은 일언반구 없이 침착하게 움직인다. 들것에 실린, 억지로 욱여넣어 반 넘어 들것 바깥으로 삐져나온 여인의 주검은 위태롭게 현관을 지나 계단을 내려갔고 골목에 주차된 구급차 안으로 느리게 사라진다. 여인의 몸은 사람들의 시야에서 사라지고 무게로 남는다. 발에 채는 쓰레기와 집 안을 뒤덮은 오물 때문에 받은 충격과 경악은 네 명의 건장한 남자들조차 감당하기 어려웠던 시신의 무게에 비하면 놀랍지 않다.

탕 소리를 내며 구급차 문이 닫힌다. 지체 없이 시동이 걸리고 우왕좌왕하며 몰려든 사람들은 두 편으로 갈려 길 양쪽으로 물러선다. 구급차는 요란하게 사이렌을 울리면서 사람들이 터준 길을 달려 왕복 2차선 도로 쪽으로 방향을 꺾고 시야에서 사라진다.

경찰 제복을 입은 남자는 추가로 사진 몇 장을 더 찍고 현관문 바깥에 폴리스라인을 설치한 뒤 달의 집에서 철수한다. 여자도 떠난다. 웅성거리는 소리는 현관문 바깥에서 한참 동안 이어진다. 누군가 큰 소리로 떠들고 누군가 길게 한숨을 내지른다. 혀를 차거나 장탄식을 하거나 수군거리는 사람들 중 어느 누구도 봄꽃이 활짝 피었던 날 길바닥으로 뛰쳐나와 소리 내어 울었던 뚱뚱한 여자를 기억하지 못한다. 그 여자가 서른 해 가까이 별 아저씨를 사랑하고 그리워하면서 고집스럽게 달의 집에 머물러 살았을 거라고 상상조차 하지 못한다.

달의 집에는 나와 물의 아이가 남는다. 아이는 낯선 사람들로 소란스러웠던 까닭을 모르는 듯 조용하다.

나는 달 아주머니가 없는 텅 빈 달의 집으로 어둠이 차오르기를 기다린다.

여자는 재활용 쓰레기통 주변에 얼씬하지 않는다.

나는 아이의 손을 잡고 어둠이 깃들기 시작하는 달의 집을 휘둘러본다.

슬그머니 현관문이 열리고 조심스럽게 닫힌다. 여자다. 날이 어두워지기를 기다렸다가 여자는 폴리스라인을 무시하고 달의 집으로 돌아온 것이다. 구더기가 들끓고 악취로 숨이 막히는 달의 집으로 찾아올 수 있는 사람은 여자 한 사람뿐이다.

여자는 작은 키를 더 낮추고 거실을 두리번거리면서 무언가를 신중하게 찾는다. 나는 날이 밝고 달의 집이 깨끗하게 비워지기 전에 여자가 무엇이든 손에 넣기를 바란다. 여자가 쓰레기 더미에서 신문지 몇 장과 피자 상자, 누렇게 색이 바랜 책 한 권, 배달 음식 광고 전단지를 주워든다. 쓰레기라면 넘칠 만큼 충분하다. 여자는 잠깐 주춤거리다가 식탁 쪽으로 발맘발맘 걸어가더니 광고 전단지 위에 놓인 볼펜을 집어 바지 주머니에 찔러 넣는다.

찾는 물건이 더 있는지 거실과 베란다를 찬찬히 살피면서 여자는 고개를 갸웃거린다. 어둠과 악취에 단련되었을 리 없는데도 여자는 두려워하는 기색도 없이 주의 깊게 무언가를 찾고 있다. 나는 어둠 속을 더듬다가 체념한 얼굴로 우뚝 서 있는 여자를 향해 작별 인사를 건넨다. 여자가 고개를 주억거린다. 살며시 현관문이 열리고 닫힌다. 나는 계단을 내려가는 발걸음 소리가 멀어지기를 기다렸다가 아이의 손을 잡고 일어난다. 작별 인사는 지루할 만큼 길었다. 텅 빈 방 쪽으로 향하려는 눈길을 거두고 나는 아이의 작은 손을 그러잡는다.

7살 아이는 자신의 생을 기억하지 못한다. 놀이터에서 미끄럼틀을 타고 내려가는 순간만큼이나 짧았던 시간은 백지가 되었다. 제 이름마저 잊은 아이는 죽음이 무언지도 모르고 추위와 배고픔에 떨면서 죽음 속을 떠돌아다녔다. 두려움 때문에 아이는 제 이름을 부르는 슬픈 목소리를 듣지 못했다. 내가 물의 아이라고 불러주자 아이가 가만히 고개를 끄덕거린다. 나는 내가 호명한 이름마저 아이의 기억에서 이내 사라지기를 바란다. 나는 달 아주머니와 별 아저씨를 잊고 내 주검을 수습해준 아버지와 흰 꽃을 손에 쥐고 흐느꼈던 엄마를 잊어야 한다. 내 이름을 불러준 모르는 사람들의 목소리를 떨쳐내야 한다. 나에게 죽음을 일깨워준 물의 아이와 함께 떠나야 한다. 죽음을 인지하지 못하고 거듭 죽음을 시도했던 한없이 나약하고 딱한 나를 어둠 깊은 자리로 건네주려고 찾아온 아이와 함께 사라져야 한다.

나는 달의 집에서 얼마만큼 오랫동안 머물렀는지 알지 못한다. 고통과 위로의 시간은 충분히 길었다. 죽은 아이인 줄 알면서도 나를 따듯하게 맞아준 달 아주머니의 바람대로 돌아갈 수 있어서 다행이다. 나는 고치에서 나와 어둠이 내린 거리를 날고 있는 달 아주머니를 좇는다. 달 아주머니는 가로등이 켜진 골목을 날다가 초등학교 운동장 담장 안쪽에 서 있는 상수리나무 위로 날아오른다. 열매를 모두 떨어뜨린 상수리나무가 바람을 따라 가볍게 흔들린다. 달 아주머니는 날개를 활짝 펴고 상수리나무 꼭대기까지 높이 날아오른다.

달 아주머니는 가장 먼저 나를 잊는다. 별 아저씨와 함께했던 30년의 세월은 한순간 바람이 되어 날아간다. 딸의 머리에 왕관을 씌워주려고 했던 아버지의 웃음과 고통, 슬픔과 절망은 상수리나무에 걸린 잎사귀와 함께 공중으로 가볍게 흩어진다. 첫발을 뗄 때 느꼈던 방바닥의 단단한 감촉과 길에서 흘린 눈물을 잊는다. 사랑이 안겨준 불안과 걱정, 의심과 상심이 가뭇없이 사라진다. 열여덟에 시간이 멈춰버린 키 작고 겁 많은 아이와 함께 보냈던 슬픔의 시간을 훌훌 털어낸다. 그 아이가 지금 멀고도 가까운 곳에서 배웅하고 있으리라고 짐작도 하지 못한다.

이제 떠날 시간이다.

모두 돌아가고 아이와 나 둘이 남아 있다. 아이와 함께 떠날 수 있어서 천만다행이다. 달 아주머니가 나로 인한 슬픔을 잊을 수 있어서 안심이 된다. 나는 달의 집에서 충분히 쉬었다가 떠난다.

나는 달 아주머니가 더 높이 날아올라 대기 속으로 사라지기를 기다렸다가 아이와 함께 달의 집에서 나온다. 나와 아이가 잠시 머물렀던 달의 집이 빠르게 멀어진다. 미련 없이 사라진다. 어둠이 사방에 촘촘히 깔려 있다. 해가 떠도 결코 사라지지 않을 어둠의 입자들이 공중에 단단하게 걸려 있다. 달도 별도 없는 하늘 위로 나방처럼 가볍게 날아올라 어둠의 알갱이가 되어 사라지는 순간 나는 아이에게 속삭인다.

꽃도 나무도 바람도 돌멩이도 되지 마라.

내 말이 아이와 나를 동시에 삼킨다.

나와 아이의 마지막 순간은 어느 누구의 눈에도 띄지 않았다. 짧았던 우리의 생은 지워지고 어둠의 입자로 변해 사방으로 흩어지고 스며들고 날아갔다. 초등학교 후문 쪽 다세대 주택 앞을 지나가던 남자가 빈 음료수 깡통 하나를 길바닥에 버리고 구두 뒤축으로 밟아 찌그러뜨렸다. 재활용 쓰레기통 옆에 웅크리고 있던 검은 고양이가 가르랑거리며 울었다. 남자는 깡통을 집어 재활용 쓰레기통에 던져 넣고 불빛이 없는 달의 집 창문을 힐긋 쳐다보다가 뜻 모를 말을 중얼거리면서 어둠 속으로 사라졌다. 골목 쪽으로 창이 난 반지하 작은 방에서 선잠을 깬 여자는 축축한 벽에 등을 젓버듬히 기대고 앉아 어둠이 들려주는 소리에 귀 기울였다.

골목을 오가는 발걸음 소리와 고양이 울음소리를 들으면서 여자는 날이 밝아올 때까지 그대로 앉아 있었다.

열여덟 살 아이들의 약전 작업을 하고 이 소설의 문장을 쓰기 시작했다.

아이의 목소리에 귀 기울이면서 결코 끝낼 수 없을 것 같았던 소설을 쓸 수 있었다.

아이는 언제나 늦은 밤에 내 방으로 찾아왔다. 아무 말도 하지 않고 조용히 내 등 뒤에 서 있다가 돌아갈 때도 있었다.

아이가 들려준 말을 놓치지 않으려고 온종일 책상에 앉아 문장을 썼다.

내가 할 수 있는 일은 고작 문장을 쓰는 것이었다.

장편소설을 퇴고하는 중에 단편소설 「유채」를 썼다. 아직 유채꽃이 피지 않은 섬에서 친구들을 기다리는 아이의 이야기였다.

보태고 덜어내는 과정이 길었다. 여러 해의 시간이 지나갔다.

마지막 문장의 마침표를 찍을 때까지 아이는 내 곁에 머물러 있었다.

이제 아이는 떠났고 나는 혼자 앉아 있다.

아이가 호명했던 다른 아이들의 이름을 떠올리면서 이제 나는 어떤 언어로 글을 써야 하는지 생각한다.

창문 너머로 상수리나무가 보이는 연희문학창작촌 집필실과 해가 저물면 사방이 어둠에 잠기는 원주 토지 문학관에서 소설을 쓰고 고쳤다. 기꺼이 방을 내주는 곳이 있어서 안심하고 쓸 수 있었다.

2022년 6월, 다시 또 한 해의 봄을 보내고

서성란

달 아주머니와 나

초판 1쇄 발행 2022년 7월 25일

지은이 서성란
펴낸이 조기조
펴낸곳 도서출판 b
등 록 2003년 2월 24일(제2006-000054호)
주 소 08772 서울특별시 관악구 난곡로 288 남진빌딩 302호
전 화 02-6293-7070(대) | 팩시밀리 02-6293-8080
이메일 bbooks@naver.com | 홈페이지 b-book.co.kr

ISBN 979-11-89898-76-2 03810
정 가 15,000원

* 이 책은 2022년 경기도 <경기문화재단>의 지원을 받았습니다.

* 잘못된 책은 구입한 곳에서 교환해드립니다.